历代笔记小说大观

铁围山丛谈
独醒杂志

[宋] 蔡絛 曾敏行 撰 李梦生 朱杰人 校点

图书在版编目(CIP)数据

铁围山丛谈 独醒杂志/(宋)蔡絛 曾敏行撰;李梦生 朱杰人校点. —上海:上海古籍出版社,2012.12(2023.8重印)
(历代笔记小说大观)
ISBN 978-7-5325-6335-7

Ⅰ.①铁… ②独… Ⅱ.①蔡… ②曾… ③李… ④朱…
Ⅲ.①笔记小说—小说集—中国—宋代②中国历史—史料—宋代 Ⅳ.①I242.1②K244.066

中国版本图书馆 CIP 数据核字(2012)第 044923 号

历代笔记小说大观

铁围山丛谈 独醒杂志

[宋]蔡 絛 曾敏行 撰
李梦生 朱杰人 校点
上海古籍出版社出版发行
(上海市闵行区号景路 159 弄 1-5 号 A 座 5F 邮政编码 201101)
(1) 网址:www.guji.com.cn
(2) E-mail:guji1@guji.com.cn
(3) 易文网网址:www.ewen.co
常熟文化印刷有限公司印刷
开本 635×965 1/16 印张 11.25 插页 2 字数 150,000
2012 年 12 月第 1 版 2023 年 8 月第 2 次印刷
印数:2,101—3,200
ISBN 978-7-5325-6335-7
Ⅰ·2489 定价:28.00 元
如有质量问题,请与承印公司联系

总　目

铁围山丛谈

［宋］蔡　絛　撰

李梦生　校点

校 点 说 明

《铁围山丛谈》六卷,蔡絛撰。蔡絛,字约之,自号百衲居士,别号无为子,兴化仙居(今属福建)人。著名权相蔡京季子,叔父蔡卞、兄蔡攸等均仕显宦。絛多年侍从其父左右,曾官徽猷阁待制,宣和六年(1124)官龙图阁直学士兼侍读。靖康元年(1126)蔡京贬死,絛流放白州(今广西博白),后死于贬所。白州有铁围山,本书为絛流放后追忆往事及记眼前所见而作,因以"铁围山"为名。此外,尚作有《北征记实》、《西清诗话》等。

蔡絛出入九重,于朝廷掌故知之甚详,原书宽山识语言是书"上自乾德,下及建炎,中间二百年轶事,无不详志备载,亹亹动听"。《四库全书总目提要》尤推重本书有助考证,如述九玺源流、元圭形制、三馆建置、大晟乐等,"记所目睹,皆较他书为详核"。余嘉锡《四库全书总目提要辨证》也多推许之言。因蔡絛助纣为虐,历来史传笔记多不值其为人,对本书美化蔡京之处,颇多指责。但平心而论,蔡絛所述虽多溢美蔡京,为其开脱罪责,但亦存不少仅见的事实,于全面了解蔡京与北宋末史事,亦多裨益。

前人多有攻诘蔡絛不通文,所著多他人捉刀,然本书为贬官后作,出自亲笔无疑。书虽嫌杂,但多诙奇可喜之处,如记王安石择后继为相者一事,秦观女婿范温自称"山抹微云女婿"事,均有《世说》韵致;于奇闻异事,传写亦往往曲折委婉,可怖可骇。

本书存世版本较多,清乾隆间鲍廷博据雁里草堂本(即钱曾《读书敏求记》所载明嘉靖庚戌雁里草堂旧写本）付梓，并据璜川吴氏、涉园张氏二抄本等参校，收入《知不足斋丛书》，为迄今最为完善的刻本。这次标点，即以鲍氏刻本为底本，校以《四库全书》本，并参考中华书局冯惠民、沈锡麟点校本，凡明显错讹，径行改正；原书校记，仅保存部分案语，其余依丛书体例一概删去，谨此说明。

目　　录

卷第一

太祖皇帝应天顺人，肇有四海，受禅行八年矣。当乾德之五祀，而五星聚于奎，明大异常。奎下当曲阜之墟也，时太宗适为兖海节度使，则是太宗再受命，此所以国家传祚圣系，皆自太宗。应符既同乎汉祖，而卜年宜过于周历矣。

仁庙晚未得嗣，天意颇无聊，稍事燕游。一日，于后苑龙翔池南作两小亭，东一亭曰迎曙，未几，立皇侄为皇子，而赐名适与亭名合。不一年即位，是为英宗。

神宗当宁，已负疾。一日，后苑池水忽沸，且久不已，神宗为睥睨而不乐。有抱延安郡王从旁过者，池沸辄止，莫不骇异。未几，延安郡王即位，是为哲宗。

哲庙元符时，邓王虓，祈嗣于泰州徐守真，世号"徐神翁"者。天意切至，徐曰："上天已降嗣矣。"再三遣使迫询其故，即大书"吉人"二字上之，一时莫晓。后端王继立，始悟吉人者，太上皇御名也。

政和间，东宫颇不安，其后日益甚。鲁公朝夕危惧，保持甚至。宣和庚子，有孙宗鉴者，时为紫微舍人，密语鲁公曰："公毋虑。昔哲庙恶百官班联不肃，而后台吏号知班者必赞言端笏立定。又顷有八宝矣，今复增而九之，且名之曰定命宝。春宫盖始封定王，世次则九，则立定之语，九宝之兆，天其命之矣。"鲁公颔之。后宗鉴之言果应。

政和间，太上诸皇子日长大，宜就外第，于是择景龙门外地辟以建诸邸。时郓王有盛爱，故宦者童贯主之，视诸王所居，侈大为最。乃中为通衢，东西列诸位，则又共为一大门，锡名曰蕃衍宅，悉出贯意。时愚甚惧，盖取《诗》之叙"蕃衍盛大"而下句，则识者深疑之，亦知其旨意之属在郓邸而已。后及都城倾覆，然第三位乃今上，果中兴。

宣和岁乙巳冬十二月，报北方寒盟。二十有三日，上皇有旨内禅。时去岁尽不数日，故事，天子即位逾年即改元，于是中书拟进，取

“日靖四方，永康兆民”二句，请号年曰靖康焉。靖康之初，今上在康邸，因出使讲解而威德暴天下，故识者多疑，以为靖康于字为“十二月立康”也，是后一年而中兴。

太上皇既北狩，久不得中原音问，以宗社为念。久之，一旦命皇族之从行者食，御手亲将调羹，呼左右俾出市茴香。左右偶持一黄纸以包茴香来，太上就视之，乃中兴赦书也，始知其事，于是天意大喜。又谓：“夫茴香者，回乡也。岂非天乎？”于是从行者咸拜舞称庆。其后虽八骏忘返，然鸾舆竟还矣。中兴岁戊辰冬十有一月得之于韦侯许者，慈宁皇太后之犹子也。顷得罪高凉，召还，道过于此。案：《宋史》韦太后弟渊。渊子三人，讯、谦、诜，无名许者。考讯，绍兴中官至达州刺史，坐过，用太后旨降武德郎，与岭外监当，则“许”盖“讯”字之误。诸本俱同，姑仍之。副车弟案：《愧郯录》云：“副车，盖谓其弟㒟，尚徽宗女茂德帝姬云。”尝得太祖赐后诏一以藏之。诏曰“朕亲提六师，问罪上党”云云，“未有回日，今七夕节在近，钱三贯与娘娘充作剧钱，案：《愧郯录》引此书作“则剧钱”。千五与皇后、七百与妗子案：“妗子”二字，据《愧郯录》增。充节料”。问罪上党者，国初征李筠时也。娘娘即昭宪杜太后也。皇后即孝明王皇后也。呜呼，有以知圣祖不忘本者如此，是安得不兴。

太上以政和六七年间，始讲汉武帝期门故事。初，出侍左右宦者必携从二物，以备不虞，其一玉拳，一则铁棒也。玉拳真于阗玉，大倍常人手拳，红锦为组以系之。铁棒者，乃艺祖仄微时以至受命后，所持铁杆棒也。棒纯铁尔，生平持握既久，而爪痕宛然。恭惟神武，得之艰难，一至斯乎！

太宗始嗣位，思有以帖服中外。一日，辇下诸肆有为丐者不得乞，因倚门大骂为无赖者。主人逊谢，久不得解。即有数十百众，方拥门聚观，中忽一人跃出，以刀刺丐者死，且遗其刀而去。会日已暮，追捕莫获。翌日奏闻，太宗大怒，谓是犹习五季乱，乃敢中都白昼杀人，即严索捕，期在必得。有司惧罪，久之，迹其事，是乃主人不胜其忿而杀之耳。狱将具，太宗喜曰：“卿能用心若是，虽然，第为朕更一覆，毋枉焉，且携其刀来。”不数日，尹再登对，以狱词并刀上。太宗问：“审乎？”曰：“审矣。”于是太宗顾旁小内侍：“取吾鞘来。”小内侍唯命,即奉刀内鞘中,因拂袖而起,入曰:"如此,宁不妄杀人。"

仁宗圣度深远,临事不惧。当宝元、康定之时,西夏元昊始叛,而刘平败死,京师为雨血。及报败闻,上喜曰:"天下平安久,故兵将不知战。今既衄,必自警。宜少须之,当有人出矣。"后果胜,而元昊请服。上又曰:"国家竭力事西陲,累数年,海内不无劳弊。今幸甫定,然宜防盗发,可诏天下为预防也。"会山东有王伦者焱起,转斗千余里,至淮南,郡县既多预备,故即得以杀捕矣。

自秦汉以还,时主能享国多历年所者,独汉武帝在位五十四载,案:别本并作"五十五载"。考武帝建元元年辛丑,至后元二年甲午,正五十四载。吴本作"五十五载",则是庚子即位始也。今并存之。然末年巫蛊事起,成卫太子之祸。梁武帝在位四十八载,唐明皇在位四十四载,案:别本并作"四十五载"。考玄宗以延和元年壬子八月即位,是年即改元先天,至天宝十五载丙申幸蜀,正四十五年。似当以别本为正。是二君者,亦终有侯景、禄山之乱。而我仁宗皇帝在位四十二年,始终若一。乌乎,休哉!

哲宗即位甫十岁,于是宣仁高后垂帘而听断焉。及寝长,未尝有一言。宣仁在宫中,每语上曰:"彼大臣奏事,乃胸中且谓何,奈无一语耶?"上但曰:"娘娘已处分,俾臣道何语?"如是益恭默不言者九年,时又久已纳后,至是上年十有九矣,犹未复辟。一旦宣仁病且甚,尚时时出御小殿,及将大渐,谓大臣曰:"太皇以久病,惧不能自还,为之奈何?"大臣同辞而奏:"愿供张大庆殿。"宣仁未及答,上于帘内忽出圣语曰:"自有故事。"大臣语塞,既趋下,退相视曰:"我辈其获罪乎?"翌日,自上命轴帘,出御前殿,召宰辅,谕太皇太后服药,宜赦天下。不数日,宣仁登仙,上始亲政焉。上所以衔诸大臣者,匪独坐变更,后数数与臣僚论昔垂帘事,曰:"朕只见臀背。"鲁公顷为愚道之,亦深叹哲庙之英睿也。

顷有老内侍为愚道,昭陵游幸后苑,每独置一茶床,列看核以自酌,有得一杯汤赐饮者,时以为宠幸非常,乃张贵妃而已后追谥温成皇后者也。又有老吏,常主睿思殿文字、外殿库事,能言偶得见泰陵时旧文簿注一行,曰:"绍圣三年八月十五日奉圣旨,教坊使丁仙现祗应有劳,特赐银钱一文。"乌乎,累圣俭德,类乃如此。

国朝诸王弟多嗜富贵，独祐陵在藩时玩好不凡，所事者惟笔研、丹青、图史、射御而已。当绍圣、元符间，年始十六七，于是盛名圣誉，布在人间，识者已疑其当璧矣。初与王晋卿诜、宗室大年令穰往来。二人者，皆喜作文词，妙图画，而大年又善黄庭坚。故祐陵作庭坚书体，后自成一法也。时亦就端邸内知客吴元瑜弄丹青。元瑜者，画学崔白，书学薛稷，而青出于蓝者也。后人不知，往往谓祐陵画本崔白，书学薛稷，凡斯失其源派矣。

太上皇受命，灼为天人，盖多有祥兆，由是善道家者流事。晚建上清宝箓宫，延接方士。一日，帘前有刘栋者，上其所遇韩真人丹，以献天子，其状如蜡，以手指揭取而服之，翌日则又生无穷也。上曰："汝师赐汝长年丹，而朕夺之，非朕志也。"当帘前还之。此与秦皇、汉武异矣，可谓盛德也哉。

慈圣光献曹后佐佑仁庙定策，立英宗、神宗，乃本朝后妃间盛德之至者也。其在父母家时，与群女共为拈钱之戏，而后一钱独旋转盘中，凡三日乃止。及晚岁疾，病急，顾左右问此为何日，左右对以十月二十日，实太祖大忌日也。后额之，乃自语曰："只此日去，只此日去，免烦他百官。"盖谓不欲别日立忌，使百官有司有奉慰行香之劳，就是日则免，于是以二十日崩。今人学道，号超脱非常，一旦于死生之际，未必能达变，后之始终若此，岂非天人乎哉！

神庙当宁，慨然兴大有为之志，思欲问西北二境罪。一日，被金甲诣慈寿宫，见太皇太后曰："娘娘，臣著此好否？"曹后迎笑曰："汝被甲甚好，虽然，使汝至衣此等物，则国家何堪矣。"神庙默然心服，遂卸金甲。

慈圣光献曹后以盛德著，而宣仁圣烈高后以严肃称。在治平时，英宗疾既愈，犹不得近嫔御。慈圣一日使亲近密以情镌谕之："官家即位已久，今圣躬又痊平，岂得左右无一侍御者耶？"宣仁不乐，曰："奏知娘娘，新妇嫁十三团练尔，即不曾嫁他官家。"时多传于外朝。

鲁公在北门为承旨，既草哲庙元符末命，于是太上从端邸始即大位，遂有垂帘之举。时钦圣宪肃向后命御药院内侍黄经臣传旨曰："嗣君已长，本不应垂帘，以皇帝圣孝，宫中累日拜请，泣涕不已，今姑循圣意,才俟国事稍定,即当还政,必不敢上同章宪明肃与宣仁圣烈二后,终身称制。卿可依此草诏,明示天下。"当是时,鲁公既唯命,即书所被旨,载诸学士院及家集。是后虽同听断,曾不半岁,永泰灵驾犹未发引,即还就东朝之养矣。外廷或诽张,且不知钦圣盛德之本旨如此。

国朝禁中称乘舆及后妃多因唐人故事,谓至尊为官家,谓后为圣人,嫔妃为娘子,至谓母后亦同臣庶家曰娘娘。又呼掌书命者曰"内侍省次直笔"。内官之贵者,则有曰御侍,曰小殿直,此率亲近供奉者也。御侍顶龙儿特髻衣襜,小殿直皂软巾裹头,紫义襕窄衫,金束带,而作男子拜,乃有都知、押班、上名、长行之号,唐陆宣公《榜子集》"谏令浑瑊访裹头内人"者是也,知其来旧矣。

天子之制六玺。元丰间得玉矣,行制而未就,至大观时始成之,然但缪篆也。又元符初得汉传国玺,其文曰:"受命于天,既寿永昌。""承天福,延万亿,永无极。"是二者,祐陵又自仿为之,悉鱼虫篆也。号传国玺曰"受命宝",九字玺曰"镇国宝",合天子之制六玺,是为八宝。乃于大观戊子正月元会日受之,因大赦天下。本朝礼乐,于此百五十年矣,至是始备。及后,政和末,又新作一玺,上曰:"八宝者,国家之神器。今再创玺,乃我受命者也。"因诏于阗国上美玉焉。久而得之,为玺九寸,而鱼虫篆,其文曰:"范围天地,幽赞神明,保合太和,万寿无疆。"诏号"定命宝"。是岁戊戌元会,于大庆殿受之。

太上始意作定命宝也,乃诏于阗国上美玉。一日絛赴朝请,在殿阁侍班,王内相安中因言,近于阗国上表,命译者释之,将为答诏,其表大有欢也。同班诸公喜,皆迫询曰:"甚愿闻之。"王内相因诵曰:"日出东方,赫赫大光,照见西方,五百国中絛贯主,阿舅黑汗王表上日出东方,赫赫大光,照见四天下,四天下絛贯主,阿舅大官家:你前时要那玉,自家煞是用心。只被难得似你那尺寸底。我已令人寻讨,如是得似你那尺寸底,我便送去也。"于是一坐为哈。吾因曰:"《裕陵实录》已载于阗国表文,大略同此。特文胜者,疑经史官手润色故尔。"众乃默然。其后,遂以玉来上,长径二尺,色逾截肪,诚昔未有也,遂制定命宝。岁余,玉人始告成,精巧视古无别矣。宝与检皆大九寸,盘螭为纽,鱼虫篆文,凡十有六字。于是定命宝合八宝,通号九宝,下诏以为乾元用九之义云。

元圭者,古镇圭也。温润异常,又其色内赤外黑,非世所有,固无足疑。圭上锐而下方,然其末平直,非若后世礼图为圭之太锐也。两旁刻出十二山,正若古山尊制度,亦非若先儒所绘镇圭,乃于圭上刻山者也。凡制作精妙,又非若秦汉器玉所能及。上则皆云雷之文,下平无文,而中一窍,大足容指。其长尺有二寸,正合周尺,仿同晋尺。盖晋得舜庙玉尺,是以知同古尺也,有《制古元圭议》行于世,诚不诬已。元圭传乃丁晋公家物,流落出常卖檐上,士人王提举敏文者,以千七百金售得之,与宦者谭稹。稹得而上之,时政和二年也。上以付鲁公曰:“或谓此物古元圭,试为朕验之。”鲁公机务繁,又付之外兄徐若谷,谓吾曰:“元圭之制何可考,得非雷楔耶? 然玉诚异常矣。”因置诸楟中,略不省。一日,吾与若谷读《礼记》,见《王制》言“王执镇圭”,释谓旁刻十二山。吾即谓若谷:“元圭者,旁有山,政若古器所谓山尊同,盍验之乎?”若谷笑去,就楟取圭出,如吾语,共数之,果十有二刻,始相与骇,因试以义推之,则罔不合。若谷又白伯氏,丐取太常历代尺度石刻来,则又合矣。吾与若谷大喜,以白鲁公,因以具奏,昔《元圭议》中鲁公第一札子是也。但有一窍,初忽之,且谓岂非后人不知而穿之作响板耶? 及付外庭议,礼官又引天子圭中必绎,谓以组约其中央备失坠者。若谷与吾甚愧弗思,独是不满也。上得此喜,乃命宣示百官,则礼臣锦荐、色组、缫藉十袭,备极于崇奉,遂以是岁冬至御大庆殿受圭。因又降诏,归美神考哲宗,用告成功。上亲加上两朝徽号,令庙焉。时诏议元圭官并加秩,而若谷每笑谓吾曰:“我二人其介之推乎?”

元圭既出,时晋阳上一石,有字曰“尧天正”。石绿色,方可三尺余,字当中,咸大如掌。其画端楷,政若人以手指画之者。“尧”字独居右,而“天正”两字缀行于左。朝廷验之于都堂,差官监视,命工磨砻焉。既去石三分,而字愈明,乃于“尧”字下又出一“瑞”字,盖曰“天正尧瑞”。若是,则四字相对,布置始匀正矣。“瑞”字其画独浅,未与三者配,则不敢更加砻。于是内外咸喜,谓晋阳,尧都,方元圭出,适有此瑞,信天意也。

政和初,内中降出大白玉璧一,赤玉器一,俾鲁公考验。白璧大盈尺,镂文甚美,而璧羡外复起飞云行龙焉。赤玉器则长几二尺,两首如棹刀头,中间为古文,殊极精巧,玉色则异甚,诚鸡冠之不足拟也。当时,诸儒谓璧羡云龙者,乃周公植璧之璧也;赤玉器则《顾命》所谓陈宝赤刀之宝也。吾窃笑诸儒之傅会,且龙云在上,若植之,宁不倒置矣,岂非秦汉璧珰之属乎?至于赤刀宝,制作非常,三代之器无疑,玉色又如此,为希世之珍,谓之赤刀,若得之焉。其后于延福宫又得见一赤刀,同禹所锡元圭、汉轵道所得传国玺、唐太宗之受命玺暨诸器列于殿中,为盛世之美瑞。唐太宗玺乃虞世南真书字,玉色不大佳,玺不方而长,其文曰:“受天景命,有德者昌。”

崇宁甲申议作九鼎,有司即南郊为冶,用中夜时上为致肃不寐,至是于寝望之,焚香而再拜焉,及既就寝,已傍四鼓矣。忽有神光达禁中,正烛福宁殿,红赤异常,宫殿于是尽明如昼,殆晓始熄。鼎一铸而成,乃取佑神观旁地立九成宫,随其方为室,成九室以奠鼎,命鲁公为奉安礼仪使。又方其讲事也,辄有群鹤几数千万飞其上,蔽空不散。翌日上幸之,而群鹤以千余又来,云为变色,五彩光艳。上亦随方入其室,焚香为再拜,从臣皆陪祀于下。先是,方士魏汉津议其制,各取九州之水土,常内鼎中。及上行礼至北方之宝鼎也,鼎忽漏水,流浸布地。且鼎金厚数寸,水又素贮鼎中,未始有罅隙,不当及上焚香时泄漏。漏乃旋止,故上深讶焉,鲁公为不乐。于是刘炳进曰:“鼎之水土,皆取于九州之地中,独宝鼎者取其水土于雄州白沟之界上,非幽燕之正方也,岂此乎?”故当时尤以为神。然厥后终以北方而致乱矣。又政和六年,用方士王仔昔建言,徙九鼎入于大内,作一阁而藏之。时鲁公为定鼎使,及帝蕭者行,亦有飞鹤之祥,云气如画卦之象。帝蕭后改曰“隆鼎”。既甚大,以万众曳之,然行觉不大用力,其去疾速,时人皆异之。

政和初中间,势隆治极之际,地不爱宝,所在奏芝草者动三二万本,蕲、黄间至有论一铺在二十五里,遍野而出。汝、海诸近县,山石皆变玛瑙,动千百块,而致诸辇下。伊阳太和山崩,奏至,上与鲁公皆有惭色。及复上奏,山崩者,出水晶也,以木匣贮之进,匣可五十斤,而多至数十百匦来上。又长沙益阳县山溪流出生金，重十余斤，后又出一块，至重四十九斤。他多称是。

太上即位之明年改元建中靖国者，盖垂帘之际，患熙、丰、元祐之臣为党，故曰建中靖国，实兄弟为继，故踵太平兴国之故事也。明年亲政，则改元崇宁。崇宁者，崇熙宁也。崇宁至五年正月彗出，乃改明年为大观。大观者，取《易》"大观在上"，但美名也。大观至四年夏五月彗出，因又改明年为政和。政和者，取"庶政惟和"之义也。政和尽八年，时方士援汉武故事，谓黄帝得宝鼎神策，是岁己酉朔旦冬至，为得天之纪，而汉武但辛巳朔旦冬至，然今岁乃己酉朔旦冬至，真得天之纪矣。又太宗皇帝以在位二十年，因大赦天下。是时上在位已十有九年，明年当二十年。举是二者，乃下赦改十一月冬至朔旦为重和元年。重和者，谓"和之又和"也。改号未几，会左丞范致虚言犯北朝年号。盖北先有重熙年号，时后主名禧，其国中因避"重熙"，凡称"重熙"则为"重和"，朝廷不乐，是年三月遽改重和二年为宣和元年。宣和改，上自以常所处殿名其年，然实欲掩前误也。自号宣和，人又谓一家有二日为不祥，及方腊起，连陷二浙数郡，上意弥欲易之，独难得美名。会寇甫平而止，七年冬遂内禅云。大抵名年既不应袭用前代，又当是时多忌讳，以是为难合，而古人已多穿凿，征兆有自来矣。至仁庙初始垂帘，儒臣迎合时事，年号天圣为"二人圣"，明道为"日月"，故后人咸祖述之。至若"元"字，谓神宗、哲宗以元符、元丰登遐，且本朝火德，不宜用水。若"治"字，又谓英庙治平不克久。凡十数义，或出于宦官女子之常谈尔。

国朝故事，诸王仪物视宰相，张青绢伞，画绣鞍鞯，以亲事官呵哄而已。政和三年春二月，上出西郊，幸普安寺奠昭怀刘太后，百官陪位。上谥册罢，还憩于琼琳苑，御宝津楼。上垂帘，百官归，或不知，皆骑从大道舐楼下过，燕、越二王亦同途，然百官往往不甚引避。上讶之，因申严其分，乃赐二王三接青罗伞、七紫罗大掌扇、二金钑花鞍，若茶燎水罐，凡仪物皆用涂金，加异锦为鞍焉，以壮维城之固。是后遂为故事，盖自政和三年始。又故事，诸王不施狱坐，宣和末亦赐之。

国朝帝女封号，皆沿习汉、唐。初封则有美号称"公主"，出降则封"某国公主"，兄弟又封"某国长公主"，姑又封"某国大长公主"，祖姑则封"两国大长公主"；而皇族则称"某郡主"、"某县主"。熙、丰间，尝议以乖义理，然终不克改作。政和三年，上又恶其不典。或欲追述，号公主为"帝嬴"、郡县主宜为"宗嬴"，乃合于前代矣。上曰："此议虽近古，特不合时宜。"因谕大臣曰："姬虽周姓，后世亦以为妇人之美称，盖不独为姓也，在我而已。"鲁公于榻前忽力争，上愕然，询其所以。鲁公谓："臣乃姬姓也，惧有嫌，使小人得以议尔。"上笑而不从，乃降手诏，引熙宁欲厘革，而有司不克奉承，以至今日。周称王姬见于《诗·雅》。姬虽周姓，考古立制，宜莫如周。今帝天下而以主封臣，可改公主为"帝姬"、郡主为"宗姬"、县主为"族姬"，其称大长者，可并依旧为"大长帝姬"，仍以美名二字易其国号，内两国者以四字。于是鲁公退而具书于《时政记》。当是时，执政者皆叹息鲁公伤弓，故虑患之深也。是后因又改郡县君号为七等：郡君者，为淑人、硕人、令人、恭人；县君者，室人、安人、孺人。俄又避太室人之目，因又改曰宜人。其制今犹存。

唐有宏文、集贤、史馆，皆图册之府。本朝草昧，至熙宁始大备，乃直左升龙门建秘书省，聚书养贤。其间并三者皆在，故号三馆秘阁，以盛大一时，目之为木天也。中更天圣火，后再立，视旧亦甚伟。而秘书省之西，切近大庆殿，故于殿廊辟角门子以相通，遇乘舆出，必由正寝而前，则秘书省官自角门子入而班于大庆殿下，迓车驾起居，及还内亦如之，可谓清切矣。以是诸学士多得由角门子至大庆殿，纳凉于殿东偏。世传仁祖一日行从大庆殿，望见有醉人卧于殿陛间者，左右亟将呵遣，询之，曰："石学士也。"乃石曼卿。仁庙遽止之，避从旁过。政和五年，因建明堂，有旨徙秘书省出于外，在宣德门之东，亦古东观类云。

秘书省自政和末既徙于东观之下，宣和中始告落成。上因踵故事为幸之，御手亲持太祖皇帝天翰一轴，以赐三馆，语群臣曰："世但谓艺祖以神武定天下，且弗知天纵圣学笔札之如是也。今付秘阁，永以为宝。"于是大臣近侍，因得瞻拜。太祖书札有类颜字，多带晚唐气味,时时作数行经子语。又间有小诗三四章,皆雄伟豪杰,动人耳目,宛见万乘气度,往往跋云"铁衣士书",似厌微时游戏翰墨也。时因又赐阁下以小李将军《唐明皇幸蜀图》一横轴,吾立侍在班底睹之,胸中窃谓:御府名丹青,若顾、陆、曹、展而下不翅数十百,今忽出此,何不祥耶? 古人之于朝觐会同,得观其容仪而知其休咎,则是举也厥有兆矣。遄在炎陬而北望黄云,书此疾首。

天下曹务罔不张设条,如秘书省号三馆秘阁,实育才也,独不以吏事责,故许置棋局。然大内前后殿诸班卫士、宿直、寓舍,乃亦得之。盖秘书省本优贤俊,宿卫士则虑其终日端闲,俾不生他意。此咸出祖宗之深旨。

祖宗时,朝班燕会多袭用唐制,枢密使乃宦官为之也,其位叙甚卑,故遇大燕则亲王一人伴食于客省。又燕设则亲王、宗室率不坐,以用倡故也。国朝枢密使乃儒士为之,实股肱大臣。至神庙时,谓用倡则君臣亦不合礼,始改为女童队、小儿队。于是枢密使、亲王、宗室皆得列坐而与燕会矣。

阁门官者有东上、西上阁门使,号横行班,后改左右武大夫。然任上阁之职者则自称知东上阁门、知西上阁门事。又旧有通事舍人主赞唱,后改宣赞舍人。而阁门宣敕书白麻,旧制则皆为吟哦之声,政和间诏除去,但直道,勿吟焉,至今遵用之。

汉、魏以来,警夜之制不过五鼓,盖冬夏自酉戌至寅卯,斗杓之建盈缩终不过五辰,故言甲夜至戊夜,或言五更而已。然日入之后,未至甲夜,则又谓之昏刻;至五更已满,将晓之时,则又有谓之旦至,夜漏不尽刻。国朝文德殿钟鼓院于夜漏不尽刻,既天未晓,则但挝鼓六通而无更点也,故不知者乃谓禁中有六更。吾顷政和戊戌未得罪时,曾待伺于宣和殿,深严之禁,尝备闻之。

上元张灯,天下止三日,都邑旧亦然。后都邑独五夜,相传谓吴越钱王来朝,进钱若干买此两夜,因为故事,非也。盖乾德间,蜀孟氏初降,正当五年之春正月,太祖以年丰时平,使士民纵乐,诏开封增两夜,自是始。开宝末,吴越国王始来朝。

国朝上元节烧灯盛于前代,为彩山峻极而对峙于端门。彩山,故隶开封府仪曹及仪鸾司共主之，崇宁后有殿中省，因又移隶殿中，与天府同治焉。大观元年，宋乔年尹开封，乃于彩山中间高揭大榜，金字书曰："大观与民，同乐万寿。"彩山自是为故事，随年号而揭之，盖自宋尹始。

国朝之制，立后、建储、命相，于是天子亲御内东门小殿，召见翰林学士面谕旨意，乃锁院草制，付外施行。其他除拜，但庙堂佥议进呈，事得允，然后中书入熟第，使御药院内侍一员，持中书熟状内降，封出宣押，当直学士院锁院竟，乃以内降付之，俾草制而已。故相位有阙，则中外侧耳耸听，一报供张小殿子，必知天子御内殿者，乃命相矣。太上自即位以来，尤深考慎，虽九重至密，亦不得预知，独自语学士以姓名而命之也。及晚岁，虽倦万几，然命相每犹自择日，在宣和殿亲札其姓名于小幅纸，缄封垂于玉柱斧子上，俾小珰持之导驾于前，自内中出至小殿子，见学士始启封焉。以姓名垂玉柱斧子，政与唐人金瓯覆之何异。

掖庭宫嫱，岁给帛多色彩尔。遇支赐俸稍绢应生白者多，即一束十端，必间有一端为红生绢，盖忌其纯白故也。此亦国朝太平一故事。

国朝燕集，赐臣僚花有三品。生辰大燕，遇大辽人使在庭，则内用绢帛花，盖示之以礼俭，且祖宗旧程也。春秋二燕，则用罗帛花，为甚美丽。至凡大礼后恭谢，上元节游春，或幸金明池琼花，从臣皆扈跸而随车驾，有小燕，谓之对御。凡对御则用滴粉缕金花，极其珍霍矣。又赐臣僚燕花，率从班品高下，莫不多寡有数，至滴粉缕金花为最，则倍于常所颁。此盛朝之故事云。

政和初，上始躬揽权纲，不欲付诸大臣，因述艺祖故事，御马亲巡大内诸司务，在奉宸库古亲涎事中。句似有脱误。又大内后拱宸门之左，对后苑东门，有一库无名号，但谓之苑东门库，乃贮毒药之所也。外官一员共监之，皆二广、川、蜀每三岁一贡。药有七等，野葛、胡蔓皆与，鸩乃在第三，其上者鼻嗅之立死。于是亲笔为诏，谓"取会到本库称，自建隆以来不曾有支遣。此皆前代杀不庭之臣，藉使臣果有不赦之罪，当明正典刑，岂宜用此。可罢其贡，废其库，将见在毒药焚弃,瘗于远郊,仍表识之,毋令牛畜犯焉”。乌乎,上圣至仁,大哉尧舜之用心也。

国朝肄眚故事,三省枢管诸房吏,分陈其应行事,计诸官长,粗以为当,则宰辅于是共议于都堂而可否之,事目已定,始将上进御,乃入熟,降付翰林学士院命词,而宣付于外焉。其约束之辞,大致悉吏文也。独大观戊子元日受八宝,大赦,如罢重法、分宗室、升班行、省刑名、宽党锢,凡数十事,以事体既重,方赖朝廷彰明其制,不如吏文,时多出鲁公之手,故独为国朝之盛举。

唐制,北门学士在内朝枢密使班,遇天子寿节,学士、待制自从枢密院先启建道场,罢散花宴。及寿节日,则宰臣预命直省官具帖子,请学士、待制赴尚书省锡宴斋筵。故中外文武百僚罔有不隶尚书省班属御史台者,独学士、待制不隶外省班,自属阁门,号称内朝官,又曰西班官。则儒者清贵,其为世之荣如此。始熙陵时,亲御飞白,书“玉堂之署”四字,以赐承旨苏易简。及泰陵时,鲁公亦为承旨,以其下一字犯厚陵御讳,因奏请第摹“玉堂”二字,榜于翰苑之正厅,且为儒林之荣,制曰“可”。于是锡上牌,燕近臣,馆阁毕集,天子宠赉非常,有逾故事,为一时之光华云。

鲁公为北门承旨,时翰苑偶独员,当元符末,命召入内东门草哲庙遗制,既未发丧,事在秘密,独学士与宰执而已。于是知枢密使曾布捧研以度鲁公,左丞叔父文正公为磨墨,宰臣章惇手自供笔而授公焉。鲁公后每曰:“始觉儒臣之贵也。”

秘书省岁曝书,则有会号曰曝书会。侍从皆集,以爵为位叙。元丰中鲁公为中书舍人,叔父文正公为给事中。时青琐班在紫微上,文正公谓:“馆阁曝书会非朝廷燕设也,愿以兄弟为次。”遂坐鲁公下。是后成故事,世以为荣。

国朝仪制:天子御前殿,则群臣皆立奏事,虽丞相亦然。后殿曰延和,曰迩英,二小殿乃有赐坐仪。既坐,则宣茶,又赐汤,此客礼也。延和之赐坐而茶汤者,遇拜相,正衙会百官,宣制才罢,则其人亲抱白麻见天子于延和,告免礼毕,召丞相升殿是也。迩英之赐坐而茶汤者,讲筵官春秋入侍,见天子坐而赐茶乃读,读而后讲,讲罢又赞赐汤是也。他皆不可得矣。

枢密院故事，枢密使在院延见宾客，领武臣词讼，必以亲事官四人侍立，仍置天钺方尺二于领事案上。句似有误。别本并云"仍置大铁方尺一寸于领事案上"。盖国初武臣，皆百战猛士，至密院多有所是非干请，故为之防微。

宣和四年既开北边，度支异常，于是内外大匮，上心不乐。时王丞相既患失，遂用一老胥谋，始为免夫之制，均之天下。免夫者，谓燕山之役，天下应出夫调，今但令出免夫钱而已。御笔一行，鲁公为之垂涕。一日，为上言曰："今大臣非所以事陛下也。陛下圣仁，惠养元元，泽及四海。况前日之政，但取地宝，走商贾，未尝及农亩。今大臣于穷百姓口中敛饭碗，以取州钱，地弗取。"上心亦悔，亟令改作，圣旨行下，然无益矣。自是作俑，故动敷田亩，因习以为常，不但祖宗朝，盖崇观、政和之所无者。是时，天下免夫所入，凡六千二百余万缗，朝廷桩以备缓急。至宣和七年春已用之止余六百万缗尔，外二千二百余万缗，有司奏不知下落，此黼密以奉宴私者。盖自启北征，则省中创立一房，号经抚房。及告功，黼遽奏请，凡经抚房文籍尽取焚之，故不得而稽考也。

国朝之制沿袭五季，始时武臣皆不丧其父母，至仁庙乃诏崇班以上持丧，供奉官以下不持丧。政和初方讲太平故事，且亦顺人情，乃诏供奉官以下，愿持丧者听。当是时，雅惬众心，小使臣往往丧其父母者多矣。不二十年，世变风移，今罔睹不愿持丧者。

卷第二

　　冠礼肇于古，国初草昧未能行，因循至政和讲之焉。是时，渊圣皇帝犹未入储宫也，初以皇长子而行冠，于是天子御文德殿，百僚在位，命官行三加礼毕，当命字，仪典甚盛。是日，方乐作行事，而日为之重轮也。先是，诸王冠止于宫中行世俗之礼，谓之"上头"而已，由是而后，天子诸子咸冠于外庭，盖自渊圣始。

　　乐曲凡有谓之均，谓之韵。均也者，宫、徵、商、羽、角、合、变徵为之，此七均也。变徵，或云殆始于周。如战国时，燕太子丹遣庆轲于易水之上，作变徵之音，是周已有之矣。韵也者，凡调各有韵，犹诗律有平仄之属，此韵也，律吕、阴阳，旋相为宫，则凡八十有四，是为八十四调。然自魏、晋后至隋、唐，已失徵、角二调之均韵矣。孟轲氏亦言"为我作君臣相说之乐"，盖徵招、角招是也。疑春秋时徵、角已亡，使不亡，何特言创作之哉？唐开元时，有《若望瀛法曲》者传于今，实黄钟之宫。夫黄钟之宫调，是为黄钟宫之均韵。可尔奏之，乃幺用中吕，视黄钟则为徵。既无徵调之正，乃独于黄钟宫调间用中吕管，方得见徵音之意而已。及政和间作燕乐，求徵、角调二均韵亦不可得，有独以黄钟宫调均韵中为曲，而但以林钟律卒之。是黄钟视林钟为徵，虽号徵调，然自是黄钟宫之均韵，非犹有黄钟以林钟为徵之均韵也。此犹多方以求之，稍近于理。自余凡谓之徵、角调，是又在二者外，甚谬悠矣。然二调之均韵，几千载竟不能得，徵角其终云。句似有脱误。古之乐，备八音。八音谓金、石、土、革、丝、木、匏、竹。土则陶也。后世率不能全其克谐，至政和诏加讨论焉，乃作徵招、角招而补八音所阙者，曰石、曰陶、曰匏三焉。匏则加匏而为笙，陶乃埙也。遂埙箎皆入用，而石则以玉或石为响，配故铁方响。普奏之亦甚韶美，谓之燕乐部八音，盖自政和始。案此条"荆轲"作"庆轲"，与他卷"荆公"作"舒公"一例，傃盖避京嫌名也。别本并改"荆轲"，非是。

　　玉辂始作自唐高宗，由高宗、武后、明皇及圣朝真宗皇帝，凡三至岱宗，一至崧高，然行道摇顿，仁庙晚患之，诏创为一辂。及告成，因幸开宝寺，垂帘于寺门，命有司按行于通衢，亲视之焉。新辂既先，次引旧辂，而旧辂辄有声如牛鸣，不肯前，众力挽之，坚不动而止。仁庙未几登遐，终不克御前新辂也。其后，神祖苦风眩，每郊祀，益恶旧辂之不安，又诏别创之，乃更考古制，加以严饰甚美。新辂既就，天子未及御。元丰八年之元日，适大朝会，有司宿供张，设舆辂、仪物于大庆殿下，新辂在焉。迟明撤去幕，屋坏，遂毁，玉辂为之碎，因杀伤仪鸾司士数十人。未几，神祖复登遐。是后有司乃不敢易，但进旧辂，以奉至尊。靖康中，议者将持玉辂以遗金人，然地远不得闻厥详旧辂之能神否也，独书其所闻者。

玉辂者，乃商人之大辂，古所谓"黄屋左纛"是也。色本尚黄，盖自隋暨唐讹而为青，疑以谓玉色为青苍，此因循谬尔。政和间，礼制局议改尚黄，而上曰："朕乘此辂郊，而天真为之见时青色也，不可易以黄。"乃仍旧贯，有司遂不敢更，而玉辂尚青，至今讹也。

国朝故事，天子诞节，则宰臣率文武百僚班紫宸殿下，拜舞称庆。宰相独登殿捧觞，上天子万寿，礼毕，赐百官茶汤罢，于是天子还内。则宰臣夫人在内亦率执政夫人以班福宁殿下，拜而称贺。宰臣夫人独登殿捧觞，上天子万寿，仍以红罗绡金须帕系天子臂，退复再拜，遂燕坐于殿廊之左。此儒臣之至荣。

国朝垂拱殿常朝班有定制，故庭下皆著石位。日日引班，则各有行缀，首尾而趋就石位。既谒罢，必直身立，俟本班之班首先行，因以次迤逦而去，谓之卷班。常朝官者，皆将相近臣与执事者而已，故仪矩便习。脱在外侍从，尝为守帅，因事过阙还朝，若带学士、待制职名，则便当入缀本班。然帅守在外，以尊大自惯，乍入行缀，又况清禁严肃，率多周章失次。故在内从臣共指目之，每曰："此下土官人又来也。"

大观初鲁公进师臣，及后又第边功赏，无官可迁。时当宁意向有鱼水之欢，遂以玉带锡之，其锡乃排方玉带也。排方玉带，近乘舆所御，于是鲁公惶惧，力辞不能得，因诵韩退之诗："不知官高卑，玉带悬金鱼。"谓唐人有此，遂奏请改制，为方围带而佩金鱼焉，不惟不敢近乘舆，且诸亲王佩玉鱼亦有间。上始可之，由是悉为故事。诸王佩玉鱼乃裕陵朝所创。

政和间，鲁公以师臣为建明堂使，既考成，因进呈面奏曰："臣已位极人臣矣，矧罔功，讵宜赏也。第群下之劳，日觊觎，不可用臣故绝其望。愿降旨，除臣外并次第推恩。"上曰："明堂古盛典，由祖宗来暨神考，究论弗及成。今赖卿力，俾朕获继先志，况为之使而泽不浃，岂朝廷所以待元老者哉？卿其毋辞。"而鲁公恳请不已。上不得已于公始可之。乃自召公辅，共议所以赏鲁公者，即加陈、鲁两国。公苦辞，且谓："若祖宗以来有是故事，臣亦拜受。今既创作，苟受之，即他日赏臣，将何以为礼？第独有王爵尔，此决不可。是圣恩之隆异，适所以祸臣，且臣行年七十，愿留以为赠也。"上察公之诚，嘉叹不已，曰："卿既如此，容朕做礼数尽。"于是三辞恩，数批答，乃亲笔褒谕，天语甚美而始俞焉。两国既许罢封，上因赐鲁公以三接青罗伞、涂金从物、涂金鞍、异锦鞯、马前围子二百人，大略皆亲王礼仪，独无行扇尔，鲁公乃拜。赐围子者，凡朝请使但止于皇城门外，盖惧小人之疑谤，时多公之得体也。至于两国之封，鲁公谓所以荣先，则不敢辞，于是，三代暨小君皆蒙两国之赠，今遂为故事。

崇政殿说书，祖宗时有之。崇宁中初除二人，皆以隐逸起。蔡宝者，以嫡子能让其官与庶兄而不出，用其学行修饬召。吕璯者，亦以高节文学有盛名，隐居弗仕，数召不起，始起，仍遂其性，乃诏以方士服随班朝谒，入侍经筵焉。亦熙朝之盛举也。

大观、政和之间，天下大治，四夷向风，广州泉南请建番学，高丽亦遣士就上庠，及其课养有成，于是天子召而廷试焉。上因策之以《洪范》之义，用武王访箕子故事。高丽，盖箕子国也。一时稽古之盛，蹈越汉、唐矣。昔我先人鲁公遭逢圣主，立政建事以致康泰，每区区其间。有毛滂泽民者有时名，上一词甚伟丽，而骤得进用。大观中有赵企企道者，以长短句显，如曰："满怀离恨，付与落花啼鸟。"人多称道之，遂用为显官，俾以应制。会南丹纳土，企道之词曰："闻道南丹风土美，流出溅溅五溪水。威仪尽识汉君臣，衣冠已变□番子。凯歌还，欢声载路，一曲春风里。不日万年觞，瑶人北面朝天子。"而鲁公深嘉之。然赵雅不乐以词曲进，公后不取焉。句不解。或是"公复不取焉"。别本"取"作"敢"，尤误。政和初，有江汉朝宗者，亦有声，献鲁公词曰："升平无际，庆八载相业，君臣鱼水。镇抚风棱，调燮精神，合是圣朝房魏。凤山政好，还被画毂朱轮催起。按锦礜，映玉带金鱼，都人争指。丹陛，常注意，追念裕陵，元佐今无几。绣衮香浓，鼎槐风细，荣耀满门朱紫。四方具瞻师表，尽道一夔足矣。运化笔，又管领年年，烘春桃李。"时两学盛讴，播诸海内。鲁公喜，为将上进呈，命之以官，为大晟府制撰使，遇祥瑞时时作为歌曲焉。又有晁次膺者，先在韩师朴丞相中秋坐上作《听琵琶》词，为世所重。又有一曲曰："深院锁春风，悄无人桃李自笑。"亦歌之，遂入大晟，亦为制撰。时燕乐初成，八音告备，因作徵招、角招，有曲名《黄河清》、《寿香明》，二者音调极韶美。次膺作一词曰："晴景初升风细细，云疏天淡如洗。槛外凤凰双阙，匆匆佳气。朝罢香烟满袖，近臣报，天颜有喜。夜来连得封章，奏大河彻底清泚。　　君王寿与天齐，馨香动上穹，频降嘉瑞。大晟奏功，六乐初调角徵。合殿春风乍转，万花覆，千官尽醉。内家别敕，重开宴，未央宫里。"时天下无问迩遐小大，虽伟男鬓女，皆争气唱之。是时海宇晏清，四夷向风，屈膝请命，天气亦氤氲异常，朝野无事，日惟讲礼乐庆祥瑞，可谓升平极盛之际。其后上心弗戒，群珰用事，自建储后，君臣多间，伯氏因背驰而大生异，吾遂得罪几死，于是鲁公束手有明哲之叹矣。盖自七十岁至八十，徒旦夜流涕不已。相继开边，小人为政，以致颠覆，惜哉，可为痛心！吾犹记歌次膺之词时政太平，追叹为好时节也。故书其始末以示后世云。案：蔡攸尝白徽宗，请杀絛，不许，仅削其官。此云"得罪几死"，即此时也。

大科始进文字，有合则召试秘书省，出六论题于九经诸子百家十七史及其传释中为目。而六论者，以五通为过焉。以是学士大夫自非性天明洽，笔阵豪异，则不能为之也。顷闻夏英公就试过，适天大风吹试卷去，不得所在，因令重作，亦得过。是乃造物者故显其记识华迈之敏妙尔。盖六论犹足，世独以不记出处为苦。昔东坡公同其季子由入省草试，而坡不得一，方对案长叹，且目子由。子由解意，把笔管一卓，而以口吹之。坡遂寤乃《管子》注也。又二公将就御试，共白厥父明允,虑一有黜落奈何。明允曰:"我能使汝皆得之,一和题一骂题可也。"由是二人果皆中。噫,久不获见先达如此人物也。

国朝科制,恩榜号特奏名本,录潦倒于场屋,以一命之服而收天下士心尔,亦时得遗才,但患此曹子日暮途远而罕砥砺者。又凡在中末之叙,得一文学助教之目而已,或应出仕,盖止许一任。异时有援例力诉诸鲁公,丐更一任,鲁公笑而谓之曰:"汝一任矣。"似有脱文。世至今遂以为口实也。

国家初沿革五季,故纲纽未大备,而人患因循,至熙宁制度始张,于是凡百以法令从事矣。元丰时,又置一司敕令所,盖欲凡一司局务咸称一司局务之条式也。吾尝白鲁公,切谓为治恐勿在是。然自熙、丰迄今,大抵八九十年,而一司敕令终未成。

政和甲午,有告人杀其父,天府狱具矣。祐陵与鲁公深耻之,不欲泄,第命于狱赐尽焉。当是时号治平,万国和洽,君相日忧勤,以政化为念如此。及后七八岁,忽有老父来府言:"我出外久,闻有人妄诉我子之杀其父者。今不见我子何往,惧有司之枉杀我子也。果若何?"于是天府大窘。时鲁公顿以退闲,而尹属皆屡易,而乾坤时寝入醉乡矣,遂寖得不治。信乎,狱讼之不可不慎者,故著之。

古号百子帐者,北之穹庐也,今俗谓之毡帐。神庙时慨然有志于四方,思欲平二国,乃诏新作百子帐,将颁诸辅臣。未就,而泰陵继之,又弗及赐。至太上崇宁间,工人告落成。于是鲁公洎执政官始皆拜。其制度之华盛焉,为本朝之一故事矣。

汾晋之俗悍而悖,当五代、国初时,号难攻取。昔太祖皇帝亲征,道过紫岩寺,乃焚香自誓,不杀一人。晋人闻之,于是坚拒不降。太祖亦不敢戮一人。久之,以盛夏诸军多泄疾,遂班师。后人或罪誓言之露机,且不寤太祖所以降下太原矣。又汾晋所恃而为吾患者,北援也。当是时,骤得继筠之捷,因逐北。班师之际,遂尽徙忻、代之民于内地,六百里一无人烟。盖使北大军来则无饷,单师至必败。是太祖又已得太原,乌在举梃与刃而后言击灭之哉?其后太宗继伐,因一举围破,而天下始大一统矣。

开宝初,车驾亲征伪汉,引汾水灌太原城。时属盛夏,艺祖露臂跣足,亦不裹头,手自持刀坐黄盖下,督兵吏运土筑堤,以堰汾河。城上望见,矢石雨坌,不避也。水浸城者,余数版而已。又命水军乘舟,且焚其谯门,几陷,会班师焉。其后北人有使于伪汉者,见水退而城始大圮,笑曰:"南朝知瓮水灌城之利,且不知灌而决之则无太原矣。"人多服其言。

　　真庙时,澶渊之役与敌讲解,后命辅弼各具上其备御策。上曰:"朕求大臣计议,因自为之画,付卿等可面授诸将也。大致以真定为本,敌若犯河间,则中山策应,保塞、安肃捣虚而深入;若犯中山,则河间策应,保塞、安肃亦捣虚而深入;若犯真定,中山策应,河间、保塞、安肃悉捣其虚,分道而深入,真定大军勿轻动。敌果送死南来,直犯大名,则河间、中山皆捣其虚,而真定大军始徐蹑其后,大名挫其锐,然后真定大军悉力要击之。"此真庙之亲为图者甚悉。又神庙朝益修武备,边防虽粮糒毕具,岁必命中使就三帅,监出干糒,新旧以相易,且曝之焉,顾他器仗又可知矣。呜呼,累朝规模宏远,皆若是也。又后金人寒盟,所谓大臣者皆阿谀后进,而握兵柄主国论议者,又多宦人,略不知前朝区处用心,贻厥之谋,但茫然失措,束手待毙,遂终误国家大计,可伤也。

　　西羌唃氏久盗有古凉州地,号青唐,传子董氈死。其子弱,群下争强,遂大患边。一曰人多零丁,一曰青宜结鬼章。案:《东都事略·吕公著传》作"鬼章青宜结"。而人多零丁最黠,鬼章其亚也。元丰末,神庙诏诸将:"人多零丁俶扰王上,既擅其国,则彼用兵之际,若旌旗之属,岂无独异其状者? 宜募猛士,如能杀之,或生捕得,若有官生白衣,并拜观察使。"不半载,有裨将彭孙者,果临阵跃入,斩人多零丁,以其首献,诏拜彭孙观察使。于是鬼章之势孤,未几亦生得之。熙河将种谔生擒鬼章,见《吕公著传》。属元祐初也,遂以其事奏告裕陵焉。擒鬼章之功,盖多得一时名臣文士歌咏,因大流播,然世独不知斩人多零丁,此青唐所以亡也。

　　李丞相士美在北门,与吾同班缀。尝言将聘大辽,赴其花燕。时戎主坐御床上,后有乌熊皮蒙一物,颇高大。久而似疲,则以身倚之,意其如古设扆状尔。俄于乌皮间时露一二人手足,则罔测其故也。

及日晏时熟视，乃见数番小儿在其中。李为吾言而每哂之，吾即答曰："此乃鲜卑之旧俗，如高欢立孝武皇，以黑毡覆七人以拜其上，而欢居其一，殆亦是类乎？"罔然未识也。

太上在政和初元时，遣童贯以节度使副尚书郑居中使辽人。鲁公时责居在钱塘，闻而密止，上则无及。当是时，上密报鲁公，则已有觊国之意矣。北伐盖自是而始。俄其国乱，有董龙儿者乘乱举兵，击斩牛栏寨之裨将，且函其首来。于是天意盛欲兴师，赖鲁公力请而格，时政和已六年矣。得浮沉逮宣和初，事益迫，鲁公语泄，为伯氏得而诉诸上，遂罢鲁公相，乃大鸠兵，又将命元帅，内外为大惧。师垂起，而狂寇方腊者作，连陷二浙数郡，适得倾兵旅，厪克殄平。上心亦深悔此举，因而罢海上结约。会童贯平方寇既归，与王丞相黼生隙，黼大惧，既患失，遂媚贯，奋当北伐事。宣和四年夏，不谋于众，兵乃遽起，鲁公时已退休，亟请对，具为上言，丐止，不可。未几，伯氏亦有宣抚命，于是鲁公垂涕顿首上前，曰："臣不任北伐，宁自甘闲退。今臣子行诚无以晓天下，愿陛下保全老臣。"上不听，则曰："臣请则以效括母及语伯氏，吾将哭师也。"及后燕山告功，鲁公以表贺上，其末云："臣虑终而不虑始，知守而不知通，有觍初心，徒欣盛烈。"上览表时，喜见颜色，曰："太师能自直守如此。"因以肴核酒醴颁赉甚宠，俾公庆伯氏之归也。及后北方寒盟，上为大惧。宦者梁师成自抱前后结约文牍于上前，上顾师成曰："北事之起，他人皆误我，独太师首尾道不是。今至此，莫须问他否？"师成迫上耳密奏久之，上遂默然而止。呜呼，使群小人不阿阋，则宗国岂至是，故世但知鲁公之不主北伐，人或传公之诗有"百年信誓"之句，且未得其始末，故书其略，他尽见吾顷著《北征纪实》二卷。案：《北征纪实》具载徐梦莘《三朝北盟汇编》。

宣和岁壬寅，北伐事兴，夏五月出师，是日白虹贯日，童贯行而牙旗折。五月，"五月"二字似衍。伯氏继之，兵引去才次夕，所谓宣抚使招旗二为执旗者怀而逃去，皆不获。又二帅既在雄州，地大震，已，天关地轴出见于厅事上，龟大如钱，蛇犹朱漆，相逐而行，二帅再拜，纳诸大银奁，而置城北楼真武祠中。翌日视之，天关地轴俱亡矣。识者咸知其不祥。

靖康末，敌骑再犯阙下，粘罕一军始至河阳。河阳守臣遁去，而河阳溃，中原人多亡命者，皆直大河而南走。大河皆可涉也，敌逐北而追之，皆若导之而过河焉。吾得于避敌之亲尝者。大河自古未始可涉，独后魏尔朱兆自富平津亦涉渡而袭淮。大抵患在计臣之左谋，而俾小人因得归之于数，宁不痛哉！

南俗尚鬼。狄武襄青征侬智高时，大兵始出桂林之南，道旁偶一大庙，人谓其庙甚神灵，武襄遽为驻节而祷之焉，因祝曰："胜负无以为据。"乃取百钱自持之，且与神约果大捷，则投此，期尽钱面也。左右或谏止，一傥不如意，恐沮师。武襄不听。万众方耸视，已挥手倏一掷，则百钱尽面矣。于是举军欢呼，声震林野。武襄亦大喜，顾左右取百钉来，即随钱疏密布地而钉帖之，加诸青纱笼覆，手自封焉，曰："苟凯归，当偿谢神，始赎取钱。"其后，破昆仑关，败智高，平邕管。及师还，如言赎取钱，与群幕府士大夫共视之，乃两面钱也。诏封庙曰灵顺。吾道过时梦甚异，又得是事于其父老云。

熙宁十年，交趾无故犯鄙，案：《东都事略》事在熙宁八年，时沈起知桂州，不能怀辑，又禁交趾与州县贸易，乃谋入寇。遂并陷钦、廉、邕三郡，多杀人民，系虏其子女。朝廷为赫怒，出大师行讨之。时将遣内侍李宪行，王舒公介甫力争其不可乃止，而介甫亦罢矣。于是吴丞相充、王岐公珪，皆以次当国，命帅郭宣徽逵而副以文臣赵卨征焉，合西北锐旅暨江淮将士，多至十余万，辎重转输不在数也。及入蛮境，先锋将苗履燕逵案：《东都事略》作"燕达"。径度富良江，一击散走其贼众，擒伪太子佛牙将，进破其国矣。逵闻而怒，亟追还之，欲斩二骁将于纛下，赖卨救免。因屯师于蛮地，不战者六十余日，大为交人慢侮。逵第逊辞，仅取其要领，且纳赂得还，报中原人不习水土，加时热疫大起，于是十万大师瘴疠腹疾，死者八九。既上闻，神庙大不乐，命穷治厥由。久之，乃得吴丞相与逵书札曰："安南事宜以经久省便为佳。"盖逵承望丞相风指，因致坐毙。事未竟，会吴丞相以疾薨于位，得不治。其后几三十年，当大观之初，吴丞相之二孙曰储、曰侔者，以同妖人张怀素有异谋，皆赐死，一时识者咸谓安南之役，天之所报云。呜呼，执事之人、主国家谋议者，可不慎哉，可不戒哉！

章丞相惇性豪迈，颇傲物，在相位数以道服接宾客，自八座而下，多不平之，然独见鲁公则否。而鲁公时在翰院为承旨，亦自负章之不能以气凌公也。一日，诣丞相府。故事，宰执出政事堂归第，有宾吏白侍从官在客次，而大臣者既舍辂即不还家，径从断事所而下以延客。及是章丞相反，不揖客，行入舍，褫其公裳，特易以道服而后出。鲁公方趋上，适见之，则亟索去。于是章丞相作惭灼然而语公曰："是必以衣服故得罪矣，然愿少留。"公曰："某待罪禁林，实天子私人，非公僚佐，藉人微，顾不辱公乎？"遂起，欲行去。章以手掠公，目使留，致悬到。会荐汤而从者以骑至，故公得而拂褒，因卧家，具章白其事，且以辱朝廷而待罪焉。哲庙览公奏，深多公之得体，亟诏释之，因有旨："宰臣章惇赎铜七斤。"仍命立法，以戒后来。自是，鲁公终章丞相之在相位而不以私见也。噫，前朝侍从臣卓尔风立乃如此，后来罕见之。

元祐末，宣仁高后崩，是岁即改元绍圣。哲庙既亲政，首拜章丞相惇右仆射。故事，拜相遣御药院内侍一员，赍诏宣押赴阙。章丞相后见鲁公论宣召事，因曰："大有破除也。"盖前朝召大臣，如赍诏内侍遇所历郡县，凡土产名物，大臣必以书遗之，号"书送"者，次第至阙乃止。独章丞相能知此故事故也。其后，鲁公自钱塘复太师而召，上曰："御药院皆老班，惧溷扰卿，特选命四方馆使童敏。此朕亲信，俾赍诏。"仍以御笔手书十幅，示意鲁公不得力辞。时公遂遵书送故事，亦稍厌劳费，笑谓吾曰："赖吾得章丞相语尚有此，后人疑不复知前辈故事矣。"

上清储祥宫者，乃太宗出藩邸时艺祖所锡予而建也。中遭焚毁，神庙时召方士募人将成之，未就。及宣仁高后垂帘，乃损其服御而考落焉，因诏东坡公为之记，而哲庙自为书其额。后泰陵亲政，元祐用事臣得罪，遂毁其碑，又改命鲁公改更其辞，鲁公时为翰林学士承旨也。于是天子俾置局于宫中，上皡数人共主其事，号诸司者。凡三日一赴局，则供张甚盛，肴核备水陆，陈列诸香药珍物。公食罢，辄书丹于石者数十字则止，必有御香、龙涎、上尊、椽烛、珍瑰随锡以归。凡百余日，碑成。既出，而金填其字，人因争取之，一本售五千焉，得数百本分赐群臣,余诏藏之禁中。吾尝读《欧阳文忠公集》,见其为学士时抄国史,仁庙命赐黄封酒、凤团茶等,后入二府犹赐不绝。国家待遇儒臣类如此。

大观之前,吾竹马岁,与群儿戏。适道文太师、韩侍中,语才一吐,则翁姥长者辈必变色以戒曰:“小后生不得乱道。”当是时,去二公薨已数十年,犹凛凛然尊严,使人尚敬之若神。岂非朝廷崇养其望至是,盖不若是无以表天下,一其信从者,其祖宗之深虑也。及后,所谓大臣国事既不克自重,时吾已识事矣,则但睹朝野日骛,党仇更相反覆。于是士大夫进退之间犹驱马牛,不翅若使优儿街子动得以指讪之,曾不足以备缓急。私窃谓体貌重轻而然。

宰相堂食,必一吏味味呼其名,听索而后供,此礼旧矣。独“菜羹”以其音颇类鲁公姓讳,故回避而曰“羹菜”,至今为故事。

国朝礼大臣故事,亦与唐、五季相踵。宰相遇诞日,必差官具口宣押赐礼物。其中有涂金镂花银盆四,此盛礼也。独文潞公自庆历八年入拜,厥后至绍圣岁丁丑,凡五十年,所谓间镀钑花银盆固在。遇其庆诞,必罗列百数于座右,以侈君赐,当时衣冠传以为盛事。

国朝之制,待制、中书舍人以上皆坐狨,杂学士以上,遇禁烟节至清明日,则赐新火,往往谓之快行家者,昧爽多就执政、侍从之门,茶肆民舍取火爇烛,执之以烧,才未及寸,殊有欢也。吾家隆盛时,出则联骑,列十三狨座,遇清明得新火者九枝,门户被天遇殊绝。政和初,至尊始踵唐德宗呼陆贽为“陆九”故事,目伯氏曰“蔡六”。是后,兄弟尽蒙用家人礼,而以行次呼之。至于嫔嫱宦寺,亦从天子称之,以为常也。目仲兄则曰“十哥”,季兄则曰“十一”,吾亦荷上圣呼之为“十三”。而内人又皆见谓“蔡家读书底”。呜呼,无以报称,且奈何?

宣和岁己亥夏,都邑大水,莫知所由来。向非城西索水之北有新筑堤,初架水之通宫苑者,偶横阻得且止,微此,一夕灌城,悉为鱼鳖矣。时给事中许翰崧老语鲁公:“顷荧惑入天江,有谢中美者,谓后三年都邑必大水,今验矣。”案:《文献通考》云:“政和六年七月乙未,荧惑犯天江,主旱。”今谢云“主大水”,占验不同如此。鲁公因语吾,使访其人,且久,一日原庙属行香,吾适待罪从班,而待制缀行,政在百寮前略相近。有左司郎官李璆西美僎进吾后，谓吾曰："曩求谢中美不得，此其人也。"吾颔之。班退，亟邀谢中美归舍焉。当是时，世事亦可虑，狂妄每私忧过计，得见中美喜，因共商榷天官事。中美自谓，由唐以来治天官六世矣，六世外不可得而推。其家学大抵本太史公《天官书》，而占以《洪范》。太史公《天官书》者，譬世六经，视他天文犹百家耳。款叩中美，中美曰："他占类不足道，独大观四年彗星逆行，从阁道入紫宫，再归帝座，此可畏者。"吾问："占验果若何？"则曰："仿佛汉中平末也。"即呼书吏开柜，取《东汉志》来，因共视之，见杀宦者、易弘农及献帝流离事，吾大骇惧。中美则以手摩拂书册，而言不必尽然，要概似之。又问其期，曰："壬寅。"时辛丑春也。吾更汗慑。及壬寅不验，则曰："当在乙巳。"后乙巳遂验云。又当癸卯岁，中美监染院罢，诣部授资州。一旦之任，执手言别曰："愿公自爱，天下将乱矣。独蜀中良，后甚足终我之残龄焉。"未几，金人果寒盟，有诏内禅。靖康初，兵民杀内侍，其后两宫北狩，僭伪出，天下乱。于是新天子中兴江左，四川独帖泰。当中兴睢阳时，许翰崧老者适拜副枢，而吾贬万里外，闻之，谓翰必能荐召中美，为中兴用矣，吾尝有所闻。"尝"似宜作"当"。中兴之八载，有刘公宝学子羽来，自川陕佐宣抚使得罪，吾与同处博白，始能道中美既罢资州，厥后死矣。亟问其子弟，刘公曰："无儿，其书亦不传焉。今世略得其绪余者，独襄陵许翰崧老，次其粗则吾也。"惜哉！

崇宁间，九重一夕有偷儿入内中，由寝殿北，过后殿而西南，历诸嫔御阁又南，直崇恩太后宫而出。殆晓觉之，有司罔测。时鲁公当国，曰："可捕治搭材士。仪鸾司有逃逸者乎？"有司曰："是夕，仪鸾司独单和者逃。"鲁公："亟捕单和来。"凡三日得于雍丘，自肩至踵皆金器也。鞫得其由，盖和善飞梯，为仪鸾司第一手，常经入禁闼供奉，颇知曲折。是夕，用绳系横木，号软梯。案此条疑未完。潢川吴氏本与此同。涉园张氏本有"而入"二字，亦后人所增也。

卷第三

　　孟翊有古学而精于《易》，鲁公重之，用为学官。尝谓公言："本朝火德，应中微，有再受命之象。宜更年号、官名，一变世事，以厌当之。不然，期将近，不可忽。"鲁公闻而不乐，屡止俾勿狂。大观三年夏五月，天子视朔于文德殿，百僚班欲退，翊于群班中出一轴，所画卦象赤白，解释如平时言，以笏张图内，唐突以献。上亦不乐，编管远方，而翊死。明年夏，彗星出，改元政和，时事稍稍更易。当是时，人疑为翊之言颇验。其后十七年金人始寒盟，十八年乃有中兴事。

　　太上皇帝端邸时多征兆，心独自负。一日呼直省官者谓之曰："汝于大相国寺迟其开寺时，持我命八字往，即诣卦肆，遍问以吉凶来。第言汝命，勿谓我也。"直省官如言，至历就诸肆问祸福，大抵常谈，尽不合。末见一人，穷悴蓝缕，坐诸肆后。试访，曰："浙人陈彦也。"直省官笑之黾勉，又出年命以示彦。彦曰："必非汝命，此天子命也。"直省官大骇，狼狈走归，不敢泄。翌日，还白端王。王默然，因又致饬："汝迟开寺，宜再一往见。第言我命，不必更隐。"于是直省官乃复见彦，具为彦言。彦复咨嗟久之，即藉语顾直省官曰："汝归可白王：王，天子命也，愿自爱。"逾年，太上皇帝即位，彦亦遭遇，后官至节度使。

　　阴阳家流穷五行术数，不得为亡，至一切听之，反弃夫人事，斯失矣。是以古之人行道而委命，不敢用亿中以为信也。先鲁公生庆历之丁亥，月当壬寅，日当壬辰，时为辛亥，在昔幼时，言命者或不多取之，能道位极人臣则不过三数。及逢时遇主，君臣相鱼水，而后操术者人人争谈格局之高，推富贵之由，徒足发贤者之一笑耳。大观初改元，岁复丁亥，东都顺天门内有郑氏者，货粉于市，家颇赡给，俗号"郑粉家"。偶以正月五日亥时生一子焉，岁月日时，适与鲁公合，于是其家大喜，极意抚爱，谓且必贵。时人亦为之倾耸。长则恣听其所欲为，斗鸡走犬，一切不禁也。始年十七八，当春末，携妓多从浮浪人，跃大马游金明，自苑中归，上下悉大醉矣，马忽骇，入波水中，浸而死。

　　蜀人谢石，宣和岁壬寅到辇下，以术得名。善相字，使人书一字，即知人之用意，以卜吉凶，其应如响，遂得荣显。时宣和七年，亟求归，临别语吾曰："石受恩者至今，以武弁获美官，犹衣锦，念无以报公德，惟有相字之术，诚无人，独可以传公，公其受之。"时吾得罪偃蹇，自揣决不能慎口海果，更资以吉凶他术，是益取祸，故谢之，不肯听石。石又语吾曰："自是天下其乱矣，独蜀犹尚在，二十年外则不知也。是时语公，期蜀中相见。"吾更默不敢答。未几流贬，俄中原倾覆。后二十有一年，吾在铁城，因故人有帅成都者得寓书，遂与石通寒温，则二十年外期相见者如是乎？然巧发奇中，殊有欢，故特疏其二三事于后。始石居市邸，人有失金带者，书一"庚"字以问石，石曰："汝有所失乎？必金带也。然我知其人三日内始出。"果如期出。鲁公知而召之焉，书一"公"字。石曰："公师位极人臣，福寿若此，不必问所问吉凶。但表某微术者，公师当少年时尝更名尔。"鲁公笑而颔之。吾最晚生，盖不知此，然虽伯氏枢府为长，且亦不知也。太上皇闻而密俾之，尝为书一"朝"字，命示之。石曰："此非人臣也。我见其人则言事。"询何自知，石曰："大家天宁节以十月十日生，此'朝'字十月十日也，岂非至尊乎？"上喜，乃召见。石有问辄中，且令中官索东宫书一字来，乃以"太"字进。又问石，石曰："此天子也。"左右为大惧。上询谓何，石曰："'太'字点微横，此必太子也。他日移置诸上，岂非'天'字耶？"上以金带赐之。后闻石贬官在成都，时国步艰难，诏天下科举分路类试，而四川士子萃于锦官。石曰："我能知蜀中魁也，且亦知试题。"于是儒生之好事者，众醵金钱若干，俾石书所试题，又书上七人科第名氏，共缄识之。及榜出，取所书开视，无一不验。大凡石能道人胸腹间意所求望，与人决祸福吉凶，加劝戒以道理，纵横罔测。今岁益久矣，不知其存亡。

　　元丰末，叔父文正知贡举。时以开宝寺为试场。方考，一夕寺火大发。鲁公以待制为天府尹，夜率有司趋拯焉。寺屋皆雄壮，而人力有不能施，穴寺庑大墙，而后文正公始得出，试官与执事者多焚而死。案：《文献通考》云"点检试卷官翟曼、陈方、马希孟焚死，吏卒死者十四人"。于是都人上下唱言："烧得状元焦。"及再命试，其殿魁果焦蹋也。

政和末，王安中骤迁中书舍人，往谢郑丞相居中。谓曰："君作紫微舍人，首草番官诰命耶？"安中答："适一番官诰命尔。"郑丞相曰："若尔，君必入政府。居中闻前辈言，入紫微为舍人，首草番官诰词者号利市，必预政柄。居中当时亦是。盖数已验，君其入二府乎？"后果然。

昔江南李重光，染帛多为天水碧。天水，国姓也。当是时，艺祖方受命，言天水碧者，世谓逼迫之兆，未几，王师果下建邺。及政和之末复为天水碧，时争袭慕江南风流，然吾心独甚恶之，未几，金人寒盟，岂亦逼迫之兆乎？

政和以后，道家者流始盛，羽士因援江南故事，林灵素等多赐号"金门羽客"，道士、居士者，必锡以涂金银牌，上有天篆，咸使佩之，以为外饰，或被异宠，又得金牌焉。及后金人之变，群酋长皆佩金银牌为兵号，始悟前兆何不祥也。

洛阳古都，素号多怪。宣和间，忽有异物如人而黑，遇暮夜辄出犯人。相传谓掠食人家小儿，且喜啮人也。于是家家持杖待之，虽盛暑不敢启户出寝，号曰"黑汉"。由是亦多有偷盗奸诈而为非者，逾岁乃止。此《五行志》所谓"黑眚"者是也。不数年，金国寒盟，遂有中土，两都皆覆。

靖康改元，春正月敌骑始犯阙，王黼乃得罪，取道由咸平县。此句上下有脱文。案《东都事略》云"贬为崇信军节度使，永州安置"。时不欲杀大臣，而使若贼残之者。及中兴之后，伪楚张邦昌先黜居长沙，后以罪赐自尽焉。黼死于辅故村，《东都事略》作"辅固村"。邦昌死于平楚门下官舍。

伪楚张邦昌始为中书舍人，梦乘太上辇，拥仪从出两山间，居辇上回视，见二马逐其后，能记其毛色也。后自燕山来，受伪封册，乃籍乘舆服御，回顾二马则如梦。伪齐刘豫者为小官时，梦至阙里拜仲尼，仲尼辄答其拜。又尝梦拜释氏，为之起。因独自负，遂果于僭。然二者皆不克终也。知梦兆胼夅，世或有之，至吉凶则由乎人，是以君子独能守其正而获其休矣，此昔人所以不贵乎征梦。吾得之邦昌之二侄、豫之乡人王寺丞忠臣云。

赵安定王普，佐艺祖以揖让得天下，平僭乱，大一统。当其为相时，每朝廷遇一大事，定大议，才归第则亟闭户，自启一箧，取一书而读之，有终日者，虽其家人莫测也。及翌旦出，则是事必决矣。用是为常。故世议疑有若子房邂逅黄石公事，必得异书焉。及后王薨，家人始得开其箧而视之，则《论语》二十卷。

江南徐铉归朝，后坐事出陕右，柳开时为州刺史。开性豪横，稍不礼铉。一日，太宗闻开喜生脍人肝，且多不法，谓尚仍五季乱习，怒甚，命郑文宝将漕陕部，因以治开罪。开得此报大惧，知文宝素师事铉也，迟文宝垂至，始求于铉焉。铉曰："彼昔为铉门弟子，然时异事背，弗能必其心如何，敢力辞也。"于是开再拜，曰："先生但赐之一言足矣，毋恤其听不。"铉始诺之。顷文宝以其徒持狱具来，首不见开，即屏从者，步趋入巷，诣铉居以觇铉，立于庭下。铉徐出座上，文宝拜竟，升自西阶，通温清，复降拜。铉乃邀文宝上，立谈道旧者久之，且戒文宝以持节之重，而铉闲慢废，"慢"字疑衍。后勿复来也。文宝方力询其所欲，铉但曰："柳开甚相畏尔。"文宝默然出，则其事立散。始吾待罪辇下时，于士大夫间得此而为慅，后又见陕右二三贤者，犹能道其事。噫，将历二百年矣，前辈敦尚风义凛凛如许，是宜不泯矣。

张端公伯玉，仁庙朝人也。名重当时，号张百杯，又曰张百篇，言一饮酒百杯，一扫诗百篇故也。有士人颇强记自负，饮酒世鲜双。乃求朝士之有声价者，藉其书牍与先容。一旦持谒张，张得函启缄，喜曰："君果多闻耶，又能敌吾饮。吾老矣，久无对，不意君之肯辱吾也。"遂命酒，共酌三十余杯。士人者雄辨益风生，而张略不为动。俄辞以醉，张笑之曰："果可人，然量止此乎？老夫当为君独引矣。"遂自数十举，始以手指其室中四柜书曰："吾衰病，不如昔，今所能记忆者独在是。君试自探一卷帙，吾为子诵焉。"士人曰："诺。"即柜中取视之，偶《仪礼》也，以白张。张又使士人"君宜自举其首"。士人如其言，张乃琅然诵之如流。士人于是始骇服，再拜："端公真奇人也。"

庞丞相籍以使相判太原，时司马温公适倅并州，一日被檄巡边，温公因便宜命诸将筑堡于穷鄙，而不以闻，遂为西羌败我师，破其堡，杀一副将焉。朝廷深讶庞擅兴，而诘责不已。庞既素重温公之贤，终略勿自言，久之遂落使相，以观文殿学士罢归。然庞公益默不一语，温公用是免。呜呼，庞公其真宰相，上接古人千载之风矣。

郑尚明昂，别本"昂"并作"昂"。老先生也，鲁公甚听爱，坐漏吾狂妄语获戾，竟老死乡井。顷为吾言："昔昭陵在位已三十余载，时未有继嗣，而司马温公为并州通判，乃上书力言之，朝廷不罪也。又温成张后当盛宠，其叔父尧佐一日除节度、宣徽、景灵三使，而包孝肃公为中司，击焉。其白简苦剧骇人，不忍闻，而昭陵容之也。是以《仁庙实录》史臣独载温公书暨孝肃三章甚备。故都邑谚谓人之不正者，曰：'汝司马家耶？'目人之有玷缺者，必曰：'有包弹矣。''包弹'之语，遂布天下。人臣立节，要使后世著闻若此，始近谏诤之风。"吾志吾老先生语，而后每书诸绅也。

仁庙至和初暴得疾，时皇嗣未建，中外大恐，及既康复，小大交章，而仁庙慨然寤。大臣于是共白天子，以韩魏公厚重，可属大事，请召之，除枢密使。未几，富丞相丁内艰，魏公乃进，独当国，因力请建立。于是制诏以英宗自团练使为皇子，封钜鹿郡公。几年，仁庙登遐，英宗即位，日以悲伤得疾，国步方艰，万机惧旷，而慈圣光献曹后因垂帘视事者久之。魏公度上疾瘳矣，时旱甚，乃援故事，请天子以素仗出祷雨。当是时，都人争瞩目欢呼，大慰中外望。魏公遂得藉是执奏，丐归政天子。后许矣，未坚也。一旦，魏公袖诏书帘前曰："皇太后圣德光大，顷许复辟。今书诏在是，请付外施行。"后未及答，即顾左右曰："撤帘。"后乃还宫。时郑公方为枢密，班继执政而上。将奏事，则见帘已卷，天子独当宁殿上矣，既下而怒。魏公曰："非敢外富公也。惧不合则归政未有期。"其后，熙宁中魏公薨于乡郡，而郑公不吊祭，识者以为盛德之歉。

王舒公介甫被遇神庙，方眷仗至深，忽一旦为人发其私书者，介甫惭，于是丐罢累表，不待报，径出东水门，中使宣押不复还矣。神庙大不乐，遂复听其去，然重其操节，且约再召期。当是时，既出，挈其家且登舟，而元泽为从者，误破其颒面瓦盆，因复命市之，则亦一瓦盆也。其父子无嗜欲，自奉质素如此，与段文昌金莲华濯足大异矣。吾得之于鲁公。

　　王舒公介甫,熙宁末复坐政事堂,每语叔父文正公曰:"天不生才且奈何,是孰可继吾执国柄者乎?"乃举手作屈指状,数之曰:"独儿子也。"盖谓元泽。因下一指,又曰:"次贤也。"又下一指,即又曰:"贤兄如何?"谓鲁公。则又下一指,沉吟者久之,始再曰:"吉甫如何?且作一人。"遂更下一指,则曰:"无矣。"当是时,元泽未病,吉甫则已隙云。及鲁公久位公台,厌机务劳,自政和后盖数悔叹,亦患才难,网罗者未尽善,常曰:"相门出将,将门出相。案:似当云"相门出相,将门出将"。别本并同,姑仍其旧。我阅人多矣,罔敢不力,且略无可继我者,天下事将奈何!"既莫用为之计,至叩方士王老志,苦求人物。老志因举二人,皆宰相也,李森、李弥逊。公大喜,于是亟召用之,又不慰公意,是后日掣其肘,竟付仗失当。俄群小大用事,公志益弗伸,而沦胥矣。此吾备聆公语,目其事,亦伤哉。

　　鲁公号知人,每语其人修短,大略多验。大观初,有诣都省投牒诉改官者,鲁公召上听事所,曰:"改官匪难,当别有骤进用,径入侍从行缀矣。然反覆不常,惟畏慎作摸棱态过当,卒致身辅相。"吾笑之,而鲁公不以为憾,乃伪楚也。

　　鲁公以崇宁五年罢相印归,时国柄独刘公路逵主之,逵为中书侍郎故也。未几,鲁公复相,而逵被黜。时堂中诸吏咸祖于门,逵曰:"诸君何患。逵年未五十,太师六十岁人矣。"俄而逵物故,鲁公复相,每叹息,常训吾曰:"逵白骨已久,而我犹享荣禄。人之用心,宜不当尔,可不戒哉!"案:徽宗即位,建言者以元符末复元祐党人太优,朝廷再籍之而颇有阔略者,御史中丞钱遹论党人疑有奸,下两省议。时刘逵为给事中,独以遹言为非。及蔡京罢相,遹主国柄,于是言者论逵,谓其乘间抵巇,尽取崇宁以来继述绍熙、美意良法而尽废之,遂罢知亳州。见于史册者如是,是逵固贤者也。太师六十岁之言,容或有之,盖恶欲其死,亦常人之情耳。且奸凶如京,幸而早世,即为国家之福。逵之言,又宁知不出于爱国之忧乎?

　　吕司空公著生重牙,亦异常人也。当元祐平章军国重事时,鲁公以待制从外镇罢,召过阙。吕司空邀鲁公诣东府,列诸子侍其右,而谓鲁公曰:"蔡君,公著阅人多矣,无如蔡君者。"则以手自抚其座曰:"君他日必据此座,愿以子孙托也。"鲁公后每谓吾言,惜以党锢事愧不能力副其意者。吾且谓人之不知也。及在博白,一日,吕公之孙切问来，因为道是，而切问曰："顷鲁公居从班时，《祭司空公文》盖备之矣。"于是相与得申其契好。噫，前辈识鉴，类多如此。案：吕氏两世相业，门阀昌大，何至预以子孙托人？且重以公著之贤，而其子希哲、希绩、希纯，异时历官，皆有贤声。知子莫若父，公著宁不知之而必京之托乎？且自章惇为相，公著既削谥贬官矣，迨京擅国，复指为奸党首恶，置元祐党籍刻石殿庭，若惟恐其罪之不著于天下者。受人之托，报之固当如是乎？欲盖其父之恶，而不恤诬蔑贤者，以欺后世，傩真小人之尤哉！

鲁公宇量迈古人，世所共悉也。元符初上巳，锡辅臣侍从宴。故事，公裳簪御花。早集竟，时有旨宣侍臣以新龙舟，而龙舟既就岸，于是侍臣以次登舟。至鲁公适前，而龙舟忽远开去，势大且不可回，鲁公遂堕于金明池，万众喧骇，仓卒。召善泅水者。未及用，而鲁公自出水，得浮木而凭之矣，宛若神助。既得济岸，入次舍，方一身淋漓，蒋公颖叔之奇嗐公曰："元长幸免潇湘之役。"鲁公颜色不变，犹拍手大笑，答曰："几同洛浦之游。"一时服公之伟度也。公时为翰林学士承旨，蒋时为翰林学士云。

鲁公拜维垣，亲客来贺，公略无德色，且笑语犹常时。因语客曰："某仕宦已久，皆悉之矣。今位极人臣，则亦可人，所谓骰子选尔。人间荣辱，顾何足算。"骰子选者，盖自公始为太庙斋郎，登上第，调钱塘县尉，绵历内外，而后至太师也。足见公之度。

顷客为吾言，靖康末有避乱于顺昌山中者，深入得茅舍，主人风神甚远。即之语，士君子也。怪而问之，曰："诸君何事挈孥能至是耶？"因语之故。主人曰："乱何自而起乎？"众争为言，于是主人者嗟恻久之，曰："我父乃仁宗朝人也。自嘉祐末既卜是居，因不复出。以我所闻，但知有熙宁号，他则不审校今为几何年矣。"客又告以本朝传叙纪年次第，主人但颔。而留数日，伺知贼退，乃出山散去。吾闻客言，胸次为豁如者经夕，且此山中主人定不知世间有熙、丰、元祐是非矣。尝谓吾之罪咎，深有愧乎士大夫，然士大夫者，似亦愧我山中主人。因作顺昌山中主人说。

大观末，鲁公责宫祠，归浙右。吾侍公舟行，一日过新开湖，睹渔艇往还上下。鲁公命吾呼得一艇来，戏售鱼可二十鬣，小大又勿齐。问其直，曰："三十钱也。"吾使左右如数以钱畀之焉。去来未几，忽遥见桨艇甚急，飞趁大舟矣。吾与公咸愕然，谓："此必得大鱼乎？将喜而复来耶？"顷已及，则曰："始货其鱼，约三十钱也。今乃多其一，用是来归尔。"鲁公笑而却之，再三不可，竟还一钱而后去。吾时年十四矣，白鲁公："此岂非隐者耶？"公曰："江湖间人不近市廛者，类如此。"吾每以思之，今人被朱紫，多道先王法，言号士君子，又从驺哄坐堂上曰"贵人"，及一触利害，校秋毫，则其所守未必能尽附新开湖渔人也，故书。

刘尚书赓，法家也，崇宁间为大司寇。一日，来诣东府见鲁公。公时在便坐，与魏先生汉津对，因延刘尚书弛公裳，即燕坐焉。刘公立，不肯就位，责鲁公曰："司空仆射，实百僚之仪表也，奈何与黥卒坐对？赓窃不取，愿退。"鲁公大笑，亟揖汉津曰："先生可归矣。"自是，刘公不敢与汉津并见。汉津铸九鼎，作《大晟》，上甚礼听之，当是时，侍从之臣犹强正，而宰辅之臣能涵容，风俗如此乎，此吾亲见也。

林中书彦振摅，气宇轩昂，有王陵之少戆。罢政事去，不得意，寓扬州，丧其偶，久之，忽于几筵坐上，时时见形，饮食言语如平生状，仍决责奴婢甚苦。彦振徐察非是，乃微伺其踪，则掘地得大穴，破之，罗捕六七老狐。中一狐尤毫而白，且解人语言，向彦振求哀曰："幸毋见杀，必厚报。"彦振勿顾，悉命杀之，迄无他。及宣和岁庚子，鲁公以弗合罢，而北征将兴，上积闻摅杀狐并使北二事，乃召之守北门，将付以北伐事，为黼沮罢，遂落节钺而归。使北者，始圣旨与辽人聘问往来，北使至我，则阁门吏必诣都亭驿，俾使习其仪，翌日乃引见，惧使鄙不能乎朝故也。及我使至彼，则亦有阁门吏来，但说仪而已，不必习而见。摅时奉使至北，而北主已骄纵，则必欲令我亦习其仪也，摅不从。因力强，不可，案：《东都事略》北主欲为夏人求复进筑城砦，摅力折之。主不胜其忿，既还馆，绐以宣旨，使降阶跪受，实以国书授之。摅引故事不从云云。与此小异。于是大怒，绝不与饮食。我虽汲，亦为北以不洁污其井。一旦，又出兵刃拥摅出，从者泣，摅亦不为动。既出即郊野，乃视摅以虎圈，命观虎而已，且谓："何如？"摅瞋目视之，曰："此特吾南朝之狗尔，何足畏？"北素讳狗呼，闻之气阻。摅竟不屈还。

蒋八座猷，贤者也。尝为中司，有端直声。政和初，上赍鲁公以女乐二八。蒋公曰："唐李晟、马燧用武夫要宠私,晋魏绛实陪卿,以和戎得金石。公今出大儒,盖自周公,制礼作乐,方致太平,不应下同此辈,宜塞其渐,愿公力辞焉。"鲁公大喜之,然不克用。及政和末,伯氏既联姻戚里,后大辟第,开河路,作复道,以通宫禁。蒋时与吾俱在书局,数大蹙额而唶吾曰:"约之,奈何公家而吾言不克用? 徒以狂妄几死而已。"祸乱后痛始定,每怀蒋八座语,君子哉。

范元实温,吾所畏友,然不护细行。吾以时士议勉之,元实怒曰:"我不解今时士大夫,不使人明目张胆直道而行,率要作匿情诡行,似王莽日事沽吊。是谁倡此,岂世美事耶?"吾每首肯焉。又尝与吾论时势及开元、天宝之末流。元实曰:"不然。天宝之势,土崩瓦解,异乎今日鱼烂也。"时鲁公亦痛悔,一日喟然而叹,数谓吾曰:"今复得陈瓘、刘器之来,意若可救药乎?"吾语元实,元实大喜,语吾曰:"公之大人有此心,岂独海内,乃公之福。第恐难得好汤,使多咽不下尔。"元实亟持其书报二公,而二公是岁皆下世,元实亦为其宠姜红鸾所困,俄得伤寒,不数日殂,可伤哉。书此,俾世知时不乏人。

伯父君谟,号"美髯须"。仁宗一日属清闲之燕,偶顾问曰:"卿髯甚美,长夜覆之于衾下乎? 将置之于外乎?"君谟无以对。归舍,暮就寝,思圣语,以髯置之内外悉不安,遂一夕不能寝。盖无心与有意,相去适有间,凡事如此。

童贯彪形燕颔,亦略有髭,瞻视炯炯,不类宦人,项下一片皮,骨如铁。王黼美风姿,极便辟,面如傅粉,然须发与目中精色尽金黄,张口能自纳其拳。大抵皆人妖也。吾识黼于未得志时,鲁公独忽之,后常有愧色于吾。黼始因何丞相执中进,后改事郑丞相居中,然黼首恃奥援,父事宦者梁师成,盖已不能遏。

翟参政公巽汝文,有文名,对人辞语华畅,虽谈笑,历历皆可听,然不妄吐也。政和间为给事中,每见殿庭宣赞称"不要拜,上殿祗候",必咄咄曰:"不要拜,此何等语?"旁问之:"君俾为何言乎?"公巽曰:"宣赞有旨勿拜。"时蔡安世靖、陈应贤邦光同在门下外省,安世位公巽之上,而应贤坐其下,每相与谈论,二人必交辟之。一日辞屈,于是叹曰:"嗟乎,遂厄于陈、蔡之间。"

范温元实，议论卓尔过人。当宣和初，尝为吾言："孙皓曰：'昔与汝为邻，今与汝为臣。劝汝一杯酒，令汝寿万春。'武帝悔之。及陈后主上隋文帝诗曰：'日月光天德，山河壮帝居。太平无以报，愿上登封书。'且一种降王，就中后主真驽才。"

外兄徐若谷，字应叟，贤德君子也。常以吾清浊太分、是非太明为戒。尝论古人，若阮嗣宗口不臧否人物，号为长者，至于对人作青白眼，则更甚于臧否。吾服其语。

鹿豀生黄沇，歙人也。从学陈莹中、黄鲁直，文字固不凡。与吾谈经，每叹今时为《春秋》者，不探圣人之志，但计数其后，逐传则论鲁三桓、郑七穆，穷经则会计书甲子者若干，书侵、书战者为几，皆由汉二刘、唐武平一启其端。是犹世愚者皆学佛，而诵《金刚经纂》。吾未晓，迫问之，则曰："有一十三，恒河沙，三十八，何以故。"

国朝实录、诸史，凡书事皆备《春秋》之义，隐而显。若至贵者以不善终，则多曰"无疾而崩"，大臣亲王则曰"暴卒"，或云"暴疾卒"。无疾者，如李毂是也。暴疾卒，如魏王德昭是也。大凡前书不若后书，前书犹庶几，至后书生纷兢更易，则益阔疏，难取信矣。

江汉，字朝宗，有宋史学，惜乎猥以长短句辱其名也。尝与吾论史家流学，当取古人用意处，便见调度。太史公曰："投机之会，间不容鲜忽。"班孟坚曰："投机之会，间不容发。"至宋景文又曰："投机之会，间不容穟。"

王性之铚，博洽士也。尝语吾："宋景文公作《唐书》尚才语，遂多易前人之言，非不佳也。至若《张汉阳传》，前史载武后问狄仁杰：'朕欲得一好汉。'顾是语虽勿文，宁不见当时吐辞有英气耶？景文则易之曰：'安得一奇士用之。'此固雅驯矣，然失其所谓英气者。"吾不能答。

王元泽奉诏修《三经义》，时王丞相介甫为之提举，盖以相臣之重，所以假命于其子也。吾后见鲁公与文正公二父，相与谈往事，则每云："《诗》、《书》盖多出元泽暨诸门弟子手，至若《周礼新义》，实丞相亲为之笔削者。"及政和时，有司上言天府所籍吴氏资居检校库，而吴氏者王丞相之姻家也，且多有王丞相文书，于是朝廷悉命藏诸秘阁,用是吾得见之,《周礼新义》笔迹,犹斜风细雨,诚介甫亲书,而后知二父之谈信。

歌者袁绹,乃天宝之李龟年也。宣和间供奉九重,尝为吾言:东坡公昔与客游金山,适中秋夕,天宇四垂,一碧无际,加江流倾涌,俄月色如昼。遂共登金山山顶之妙高台,命绹歌其《水调歌头》曰:"明月几时有? 把酒问青天。"歌罢,坡为起舞,而顾问曰:"此便是神仙矣。"吾谓文章人物,诚千载一时,后世安所得乎?

五季文章趣卑陋甚矣,然当时诸僭伪,其国颇亦有人。吾顷游博白之宴石山号普光禅寺者,为屋数椽而已,其山迥绝,洞穴奇怪,得一碑,乃伪汉时人为寺记,特喜其两语,曰:"蔬足果足,松寒水寒。"

熙宁初,王丞相介甫既当轴处中,而神庙方赫然,一切委听,号令骤出,但于人情适有所离合。于是故臣名士往往力陈其不可,且多被黜降,后来者乃寖结其舌矣。当是时,以君相之威权而不能有所帖服者,独一教坊使丁仙现尔。丁仙现,时俗但呼之曰"丁使"。丁使遇介甫法制适一行,必因燕设,于戏场中乃便作为嘲诨,肆其消难,辄有为人笑传。介甫不堪,然无如之何也,因遂发怒,必欲斩之。神庙乃密诏二王,取丁仙现匿诸王邸。二王者,神庙之两爱弟也。故一时谚语,有"台官不如伶官"。

熙宁间,东平有名士王景亮者,喜名貌人,后反为人号作"猪觜关"。世谓郓有猪觜关,由此始。继有不肖者,乃更从而和之,日久为人号"猪觜关大使",亦各有僚吏之目。吕升卿者,形貌短劣,谈论好举臂指画,奉使过东平,遂被目为"说法马留"。厥后,相去将三十余年,王大粹靓以给事中出守东平,乃被目为"香橼圆"者,盖谓不能害人,且不治病也。凡轻薄类此。昔鲁公以元祐时亦帅郓,到郡大会宾客,把酒当广坐谓之曰:"闻公号猪觜关,凡人物皆有所雌黄,某下车来未几,然敢问其目。"其人曰:"已得之矣。"众皆为慑。公喜,且笑而逼之,则曰:"相公璞也。"

东坡公元祐时既登禁林,以高才狎侮诸公卿,率有标目殆遍也,独于司马温公不敢有所重轻。一日相与共论免役差役利害,偶不合同。及归舍,方卸巾弛带,乃连呼曰:"司马牛! 司马牛!"

崇宁初建三卫府,多大臣与勋戚子弟。一日,众坐共谈西汉事有
隽不疑者,其人曰:"彼何故不来见大臣?"于是一时大传为口实。然
不至是,此特王辅道寀轻薄造以为笑。寀有逸才,时为三卫中郎,后
遭极刑。案寀,韶之子,以左道诛。

　　崇宁中有一名士,过浙右姑苏,有州将夙戒尝河魨者,士人甚惧,
预语其家人:"我闻河魨有大毒,中之必杀人。今州将鼎贵,且厚遇,
逆之必不可,为之奈何? 傥一中毒,是独有人矢可救解。汝辈当志吾
言也。"及就之,主人愧觍而谢客曰:"且力求河魨,反不得,幸贳其责。
愿张饮以尽欢。"坐客于是咸为之竟醉。士人者归,沉顿略不省人事,
因大吐。其家人环之争号,谓果中毒矣。夜走取人矢,亟投以水,绞
取而灌之焉。辄复吐,则又灌不已。举室伺守,天殆晓酒醒,能语言,
始语不得河魨,则已弗及。

卷第四

米芾元章好古博雅，世以其不羁，士大夫目之曰"米颠"，鲁公深喜之。尝为书学博士，后迁礼部员外郎，数遭白简逐去。一日以书抵公，诉其流落。且言举室百指，行至陈留，独得一舟如许大，遂画一艇子行间。鲁公笑焉。吾得是帖而藏之。时弹文正谓其颠，而芾又历告鲁公泊诸执政，自谓久任中外，并被大臣知遇，举主累数十百，皆用吏能为称首，一无有以颠荐者。世遂传米老《辨颠帖》。

顷一天府尹，用吏能称，颇不大博。约五鼓与侍从同坐待漏院舍，忽语众曰："夜来不能寐，偶读《孟子》一卷，好甜。"张台卿内相闻，随答曰："必非《孟子》，此定《唐书》尔。"一座为哄。

祖宗故事，诞育皇子、公主，每侈其庆，则有浴儿包子并赍巨臣戚里。包子者，皆金银大小钱、金粟、涂金果、犀玉钱、犀玉方胜之属。如诞皇子，则赐包子罢，又逐后命中使人赍密赐来，约颁诸宰相，余臣不可得也。密赐者必金合，多至二三百两，中贮犀玉带或珍珠瑰宝。及太上朝，皇子既洗，时何执中为相，因力丐罢去密赐故事，上可之。后鲁公召自钱塘而再相也，与何傅适有皆召之美，而何傅每叹近时锡赍薄少者，鲁公顿报之曰："公所谓自作自受故也。"当是时，方粉饰太平，务复古礼制。一日殿庭讲事罢，共归都堂，鲁公复向何傅叹行礼久，颇厌疲劳，何傅于是忽起而报曰："此亦吾公师所谓自作自受矣。"公为之笑。

豫章郡王孝参，曹王之次子。案史，孝参实王第三子，故下文有"三大王"之号。此云次子，似误。曹王甚贤，神庙之季弟也，案此句下宜增"孝参"二字，文义始明。于太上皇为从兄弟，且俊爽一时，甚尊宠也，号"三大王"者。"者"字疑衍文，否则"号"字上有脱文。政和间始建春宫，既事大体重，乃命近戚奏告诸陵，而三大王遂行。朝廷亦为妙选行事官与之偕，尽馆阁上才，一时之盛举也。诸名士既与王同涂，而王亦自矜持，朝夕谭对，简札间独喜用"其"字。诸公为怏怏不乐，且以其崇贵，故不敢显讥焉。往返者多，将及国门，于是争前叙别，始金约得共报之，曰："某等其有天幸，获侍大王其将半月，不胜其荣幸。今违履舄，愿大王保其玉体，益其令闻。某等不胜其依恋。"数十"其"而后归，莫不抚掌。吾后数见宇文叔通虚中延康，犹尚称快不已。

范内翰祖禹作《唐鉴》，名重天下，坐党锢事。久之，其幼子温，字元实，与吾善。政和初，得为其尽力，而朝廷因还其恩数，遂官温焉。温，实奇士也。一日，游大相国寺，而诸贵珰盖不辨有祖禹，独知有《唐鉴》而已。见温，辄指目，方自相谓曰："此《唐鉴》儿也。"又，温尝预贵人家会，贵人有侍儿，善歌秦少游长短句，坐间略不顾，温亦谨，不敢吐一语。及酒酣欢洽，侍儿者始问："此郎何人耶？"温遽起，又手而对曰："某乃'山抹微云'女婿也。"闻者多绝倒。案"山抹微云"，少游词也。为时传诵故云。

蔡内相文饶薿，以殿魁骤进，晚知杭州，稍失志。时宣和间，钱塘经方寇破残后，其用意将效张乖崖公领成都故事。花判府有寡妇诣讼庭投牒，而衣绯裤。即大书曰："红裤白裆，礼法相妨。臀杖十七，且守孤孀。"又有田殿撰升之登者，名家，亦贤者也，绵历中外。一日，为留守南都，时群下每以其名"登"，故避为"火"。忽遇上元，于是榜于通衢："奉台旨，民间依例放火三日。"遂皆被白简。至今遗士大夫谈柄，不可不知。

吴考功岩夫，劲正有风概，吾畏友也。吾取友必求诸岩夫，而岩夫亦自喜知人。宣和间出守洋州，尝以书付其甥周离亨者，使转致诸吾，而吾不知也。离亨即阴发其舅书，见有群贤名字，其一乃许景行，遂密界诸王丞相黼。时王当国，正与鲁公争北伐事，不相合。既得岩夫书，为奇货，藏之且几年。时岩夫已代还，而景行又自除殿中侍御史矣。一日，上忽有意似向鲁公者，黼伺得之，惧，始发岩夫之书，谓妄荐台臣于大臣子弟也。上偶震怒，而岩夫与景行遂皆免所居官，离亨乃得拜符宝郎，于是朝班无小大，咸揶揄，目之曰"青鸟"。其后，周青鸟之名竟载白简。则士大夫枢机，吁，安得不慎。

长安西去蜀道有梓橦神祠者，素号异甚，士大夫过之，得风雨送，必至宰相，进士过之，得风雨则必殿魁，自古传无一失者。有王提刑者过焉，适大风雨，王心因自负，然独不验。时介甫丞相年八九岁矣，侍其父行，后乃知风雨送介甫也。鲁公帅成都，一日召还，遇大风雨，平地水几二十寸，遂位极人臣。何文缜丞相桌，政和初与计偕，亦得风雨送，仍见梦曰："汝实殿魁，圣策所问道也。"文缜抵阙下，适得太上注《道德经》，因日夜穷治，及试策目，果问道，而何为殿魁。

李郁林佩，政和初出官尉芮城。时因公事过河镇，偶监镇夜同会坐数人，相与共征鬼神事。镇官为言：乃者河中有姚氏，十三世不析居矣，遭逢累代旌表，号"义门姚家"也。一旦大小死欲尽，独兄弟在。方居忧，而弟妇又卒。弟且独与小儿者同室处焉。度百许日，其家人忽闻弟室中夜若与妇人语笑者，兄知是弗信也，因自往听之，审。一日励其弟曰："吾家虽骤衰，且世号义门。吾弟纵丧偶，宁不少待，方衰经未除，而召外妇人入舍中耶？惧辱吾门，将奈何？"弟因泣涕而言："不然也。夜所与言者，乃亡妇尔。"兄瞠愕询其故，则曰："妇丧期月，即夜叩门曰：'我念吾儿之无乳，而复至此。'因开门纳之，果亡妇。随遂径登榻，接取儿乳之。弟甚惧。自是数来，相与语言，大抵不异平时人。且惧且怪，而不敢以骇兄也。"兄念家道死丧殆尽，今手足独有二人，此是又欲亡吾弟尔，且弟既不忍绝，然吾必杀之。因夜持大刀伏于门左，其弟弗知也。果有排门而入者，兄尽力以刀刺之，其人大呼而去。拂旦视之，则流血涂地。兄弟因共寻血污踪，迄至于墓所，则弟妇之尸横墓外，伤而死矣。会其妇家适至，睹此而讼于官。开墓则启空棺而已，官莫能治。俄兄弟咸死狱中，姚氏遂绝。李郁林者闻是，始大不然，镇官即于坐命左右索其狱牍来，视之乃信。呜呼，亦异矣。夫鬼神之事有不可致诘者。《汉·五行志》言，元始元年，朔方女子病死，敛棺积六日而出棺外。类如此乎？后三十一年，时当癸亥，案：是为高宗绍兴十三年。夏四月，会于郡斋，李郁林为吾道之。即书以补后世听讼者之末也。

鲁公在从班时，以赵安定王甲第傍近宫阙，便谒见，因憩止焉。其地甚古，号多凶怪。既入居之，是夕，有异人刘快活者，谓鲁公未宜寝也，公曰："诺。"乃命酒，与痛饮。厎三鼓矣，中堂黑暗处辄格格有声甚厉，忽睹一猴，猴类人长大，缓缓而出于外，因忽不见。时夜中仓卒，故不大惊，然刘但顾曰："汝又胜他不过。"公亦大笑，谓刘："此岂非所谓'山魈'者耶？"遂偕就枕而睡。

任宗尧者，字子高。名家子，仕至典乐，后改服武弁，终赠观察使。宗尧多艺能，洞晓天官、律吕，盖其传授于魏汉津先生。宗尧始仕宦时，即喜功名。大观末，从尚书王宁、中书舍人张邦昌使高丽，为上节人至四明则放洋而去。不十日，四明忽传副使舶坏，众为痛之。始时宗尧将登舟，则寄所赍玩好琴书于相识故人家而迈，及是传也，其故人者嗟恻。一旦有女奴忽暴病不省，遂为宗尧音诉其故人曰："某所以涉鲸波万里，本希尺寸赏，不谓遽持千金之躯，而葬于鱼鳖之腹。故人念我乎？某所寓三琴，实平生所爱赏。甲可归之我家，乙亦奇古，当奉故人，下者可与某。"凡所寓书画箧笥中百物，历历分区，不遗一毫毛。其故人大骇，为奠哭。久之，女奴始苏。翌日，则四明一郡皆传，谓使者舟坏信矣。其后戒归使人自高丽，上下一无恙。故人者得见宗尧，欢喜窃笑，独异于常。宗尧始疑而询焉，方道其事，始知为黠鬼所侮。吾亲见宗尧言之。雒阳大内兴立自隋唐五代，至圣朝艺祖尝欲都之，开宝末幸焉。而宫中多见怪，且适霖雨，徒雩祀谢，见上帝而归矣。是后至宣和，又为年百五十，久虚旷。盖自金銮殿后，虽白昼，人罕敢入，入亦多有异，虿或大于斗，蛇率为巨蟒，日夜丝竹歌笑之声不绝也。宣和末，有监官吴本者武人，持气不畏事。夏月因纳凉于殿庑间，至晡时后，天尚未昏黑，而从者坚请归舍，不听。俄忽闻踤声自内而出，即有卫从缤纷，执红销金笼烛者数十对，成行罗列。中一衣黄人，如帝王状，胸间尚带鲜血，拥从甚盛，徐徐行由殿庑，从本寓舍前过。本与其从者，急趋入户避之，得详瞰焉。最后有一卫士似怒，以纳凉故妨其行从也。乃以手两指按其卧榻之四足，遂穿砖而陷于地，顷刻转他殿而去，遂忽不见。本大骇，自是不敢宿止其中矣。因图画所见，遍以示人。雒阳士大夫多能传之，曰："此必唐昭宗也。"吾顷尝闻是事，第流落不偶，久而忘七八矣。偶流寓者赵令子与来，犹能道其略，因著于编。

刘器之安世，元祐臣也。晚在睢阳，以镪二十万鬻一旧宅。或谓此地素凶，不可止，器之不信。始入即有蛇虺三四出屋室间，呼仆厮屏去,则率拱立,谓有鬼神,不敢措其手。器之怒,改命家人辈,自纳诸筐箧,而弃诸汴流。翌日则蛇出益多,再弃辄复又倍。曾不浃旬日,乃至日得五七筐不已也。器之不乐,因自焚香于土神祠前,曰:"此舍某用己钱易之者,即是某所居矣。蛇安得据以为怪乎?始犹觊鬼神之有职,而后悛革。今不数日则怪益出,是土神之不职尔,且当受罚,虽愿仍其旧贯不可得矣。"回顾从者,尽掊土偶五六掷之河中,召匠手为之改塑其神,由是怪不复作。

斟秤诈欺,阴理至重。郁林有谢秀才者,衣冠后也,善以术笼人,上下颇爱之。于田井间为觔侩事,每以小量轻权贷与人,必用大器巨秤责偿,自喜其得计,刻深匪一日矣,人往往不觉。一旦从以仆,其手自捉升斟诸诳具,将入林野,才出城东门未数里,即雷雨骤兴,有黑云追逐,及霹雳一声,而谢秀才震死矣。屡葬则屡为雷所发,伺其肉溃散,乃焚焉,腹中得一雷楔也。世人昧锥刀间,一不顾义理,至为鬼神所仇,犹多不戒,且甘以此死,何哉?

建炎当三祀,北马将饮江。于是天子幸明而越隆祐太后龙舆驻豫章,行台从焉。时警报益亟,有郎官侯懋、李几凡三人者,每至城东南隅,得园林僻寂,私相谓曰:"使敌一不可避,得相与匿于是,宜死生以之。"未几,行宫南迈,仓卒之际果不克奔,而敌骑已遝入矣。三人者得如约,共窜于林,因伏堂之巨梁上,夜则潜下取食而还伏焉,累十数日矣,幸略无人至者。一旦忽多人物且沓至,三人但伏梁之上计:"此岂皆避敌者耶?胡为而至哉?"语未已,即有黑衣数十百人继来,共坐于堂,命左右逻捕男女,无少长悉以梃敲杀之,积尸傍午,向暮尽死始去。当是时,三人者伏据于梁,惙惙然,向脱一仰其首见,必死矣。黑衣既散,皆谓得免,况已昏夜,俄复望红纱烛笼数十对引导,有主者数人又至,亦坐于堂,即多群吏据呼阅人姓名者,三人益惧,于此殆不得脱矣。又细下视之,则但见人物可半,□头面俱勿辨,乃知非人也。凡点阅死籍至多,辄悉呼其姓名。中间偶呼至一名,群吏乃争报曰:"不是,不是。"类如是者凡有四,三人者咸能记忆也。夜过半矣,事竟皆去。殆晓则四顾,鸟雀不闻声,知敌已洗城而引遁矣。即于乱尸中偶有呻吟声,三人共询其名,乃夜来群吏所谓不是者四人,今悉复活矣，异哉！吾得于宋高州，高州得于侯懋。懋等皆显官，宜不妄云。

柳州柳侯祠，据罗池者不十许丈尔。庙设甚严，其神灵则退之固载诸文辞矣。自吾放岭外，举访诸柳人，云："父老递传，柳侯祠中，夕辄闻鸣锣伐鼓之声，亦时举丝竹之音，庙门夜闭，殆晓则或开，每以为常。近百许年稍即无此异矣。"又绍兴乙丑岁，有杨经幹者过柳州，因谒于祠，则据其庑间以接宾客，且笑语自若。及还馆舍，才入屏后，辄仆而卒。由是终畏之。

铁城之小南街，有庞摄官舍。庞已死久矣，一曰，其家木偶土地者，忽自相殴击不止。家怪异之，焚香拜祷，又不止，乃投于井中。一夕于井中又出，遂令仆远送之。然仆人者亦惧，夜以楮钱缠木偶，但潜置于税务门小石桥下，不敢远，人皆不知也。石桥去行街止数十百步，翌日则街市人皆见木偶土地夫妇行于街，众大骇，争相传报，聚十百人，而木偶土地自行街前，以手相接抱而双俱行转街，复抵税务，入其中拦头，因以绳系于柱。叶戎宰因下务，见众喧噪，询之，争白曰："木土地自行也。"叶戎曰："岂有此理！"呼伍伯辈，令二人持此木偶，掷之江中，后乃寂然。此非所动而动，在五行有兆。当是时，赵守不易凶险生事，人不奠居，吾意谓其有兵火之厄乎？此绍兴乙亥夏六月二十有六日也，吾亲见之。至九月末，许签判逊死。十月，赵守殂，而杨司户又死，南流黄知县丁忧而去，欧阳巡铺、米推官皆卒。次年六月，叶戎又死。此其验矣。

天下苦蚊蚋，都城独马行街无蚊蚋。马行街者，都城之夜市酒楼极繁盛处也。蚊蚋恶油，而马行人物嘈杂，灯火照天，每至四鼓罢，故永绝蚊蚋。上元五夜，马行南北几十里，夹道药肆，盖多国医，咸巨富，声伎非常，烧灯尤壮观，故诗人亦多道马行街灯火。

近世儿女戏，有《消夜图》者，多为博路以竞胜负。而作"消"字，或谓可消长夜，非也，乃《元宵夜图》耳。吾待罪西清时，于原庙祖宗神御诸殿阁，遇时节，则皆陈设玩好之具，如平生时。尝得见《宵夜图》者，皆象牙局，为元宵夜起，自端门及诸寺观，作游行次第。疑《宵夜图》本此。

百戏诸伎甚精者,皆挟法术。元丰中有艺人,善藏舟,用数十人举而置之,当场万众不见也。尝经御楼前,上下莫不骇异,裕陵见之,曰:"其人但行往来舟上耳。"故知假诳不能诳真人。

金明池,始太宗以存武备,且为国朝一盛观也。其龙舟甚大,上级一殿曰"时乘"。既岁久,绍圣末诏名匠杨谈者新作焉。久之落成,华大于旧矣。独铁费十八万斤,他物略称是。盖楼阁殿既高巨,舰得重物乃始可运。先是,池北创大屋深沟以贮龙舟,俗号"龙奥"者。既纳新舟,而旧舟第弃之西岸而已。都城忽累夕大风,异常不止,众惧为灾,虽哲庙颇亦慄。顷风息,方知新旧二舟即池中战,且三日矣。新龙毁一目,旧龙所伤尤甚。后得上达,哲庙怒,降敕悉杖之,始得宁帖。

鲁公崇宁末不入政事堂,以使相就第,时赐第于阊阖门外,俗号梁门者。修筑之际,往往得唐人旧冢,或有志文,皆云"葬城西二里"。大梁实唐宣武节度,梁门外知已为墓田矣。盖多得妇人胫骨,率长于今时长大男子几寸焉。或谓吾曰:"尝亲见陕晋间古长平为秦白起坑赵卒处,白骨尚存,其胫长大,异隋唐时也。"知今人寖鲜小,释氏之语或不妄。

李密之死,《唐书》谓徐世勣表请收藏其尸,乃具威仪,以君礼葬于黎阳山西南五里,坟高七仞。及政和导河,由大坯,将复禹迹,因即三山而系浮梁焉。大坯者,乃黎阳山也。密坟高,适当所导河之冲,有司以闻,诏以礼改葬之。时为部役者先发其圹,则多取去金玉。及奏下,将改卜,然不见其骸,独得头颅,且甚大。传又谓密额锐而角方,不知其故。

昔与小王先生者言:"王舒公介甫何至于无后?"小王先生曰:"介甫,上天之野狐也,又安得有后?"吾默然不平,归白诸鲁公。鲁公曰:"有是哉!"吾益骇。鲁公始乃为吾言,曰:"顷有李士宁者,异人也。一旦因上七日入醴泉观,独倚殿所之楹柱,视卿大夫络绎登阶拜北神者。适睹一衣冠,亟问之曰:'汝非獾儿乎?'衣冠者为之拜,乃介甫也。士宁谓介甫:'汝从此去,逾二纪为宰相矣,其勉旃。'盖士宁出入介甫家,识介甫之初诞生,故竟呼小字曰'獾儿'也。介甫见士宁后，果相神庙。而士宁又出入介甫家，适坐宗室世居事几死，赖介甫得免，即尸解去矣。"吾得此更疑惑久之，又白鲁公："造化块圠，天道濛鸿。彼实灵物也，兽其形，中则圣贤尔。今峨冠佩玉，彼□人也，中或畜产多有焉，要论其心斯可乎？"鲁公为颔之，而吾始得以自决。

政和末，或于洛水得石，大如拳也。青黳，有草字两行，作黄白文，上之。俄一士人又得洛石，正相同，亦上。皆曰鲁公天与之道，急急欲公之奉行，此必有兆。

绍兴岁丙辰，广右大歉，濒海尤告病。迄丁巳之春，斗米千钱，人多莩亡。而峤南风候素乖讹，至是殊正。则李花退谢悉成桃，桃实复成李，梨亦变桃，熟皆可食。凡物多类是。有茄累累然，枝间或结瓜，大如拳。此吾亲睹，亦中原所罕。

始时士大夫起复，则裹糙光幞、惨紫袍、黑角带而已。上意每恶之。政和末，议者谓入公门不应变服，遂建议赴治所，皆吉服，与常时无别矣。大凡有识之士，不肯起复丧次。起丧次者时多权要，或无志之人尔。郑丞相居中，政和七年遭母丧去，卒哭尚二日则已拜。士大夫深惜之，然居家犹服丧也。宣和后起复者，虽在家奉其几筵如故，至接宾客、燕亲旧，盖与常人无异，礼义于是扫地。李丞相士美邦彦由起复中拜相。鲁公时复入政府，吾得出入禁闼。一日遣邀吾，吾已诺之矣。适访其亲密李公弼孺者，乃是置酒，出家妓，作优戏以见待。吾得此大惧，力辞不去，由是致疑，因以得罪，此亦获戾之一端焉。然实贤者，但不谅吾之狂也。遂以著当时之习俗。

赵吉阳元镇鼎者，中兴名宰相也。一日于行在所，因过三馆，食竟，语坐上："顷一夕忽梦以罪贬海上，何耶？将无是乎？"于是诸馆职学士争道其德而谈休美，曰："公为国柱石，安得有此？"其间一二，辄又毅然更起，白吉阳："某门下士也。藉第使如梦，则某等誓将乘桴而从公行决矣。"一时以为金石美谈，人故多之，而传达于四方焉。未几，吉阳去相位，俄废黜于潮阳，后果徙海上。四年而赵吉阳死。是时独有一王海康趯者，颇能为流人调护，海上所无薪粲百物，海康辄津致之。又致诸家问，勤恳不少置。厥后果为人告讦，坐是免所居官，而海康勿怨也。当赵吉阳已死，王海康始受代罢归。时过吾，吾亟访海康："曩闻三馆之语甚美，今日有践言者乎？君居雷州，雷州独一路通海上，旁无他道，君又喜与流人道地，宜悉知之，愿有所闻也。"王海康即笑谓吾曰："宁有践言者耶？虽吉阳亲旧，曾弗睹一字之往来矣。"吾得此中心怒焉，为之短气，且士大夫此风旧矣。然岂无人乎？惧世或未知，便强谓曰："必果何若？"语意未完，疑有脱文。

峤南苦热，虽盛冬数数有挥扇时。吾仆入十月矣，偶感热病，呼医诊之，曰："伏暑。"又有博白守尝题其便坐曰："十有二月望，刘子友纳凉。"

古者祀天必养牲，必在涤三月，他牲惟具而已。又凡祭祀之礼，降神迎尸矣，而后始呈牲。牲入，于是国君帅执事亲射之焉。至汉魏而下有国有家者，此礼寖日阙，独五岭以南俚俗犹存也。今南人喜祀雷神者，谓之天神。案陈时人陈铦者，捕猎得巨卵于丛棘中，携归，雷雨暴至，卵开得一男子，其手有文，左"雷"右"州"。大业三年，为雷州刺史，名文玉。既没，屡著神异。民因祀为"雷神"。祀天神必养大豕，目曰神牲。人见神牲则莫敢犯伤，养之率百日外，成矣始见而祀之。独天牲如此，他牲则但取具而已。大凡祭祀之礼，既降神，而后始呈牲。于是主人者同巫觋而共杀之，乃畀诸庖烹而荐之焉。又，遇逐恶气、禳疾病，必磔犬，与古同，殊有可喜者。则传谓"礼失求诸野"，信然。

《汉·郊祀志》言，粤人信鬼，而以鸡卜。李奇《注》谓持鸡骨卜也，唐子厚亦言鸡骨占年。考之今粤俗且不然，实用鸡卵尔。其法先祭鬼，乃取鸡卵，墨画其表，以为外象。画皆有重轻，类分我别彼，犹《易》卦所谓世与应者。于是北面诏鬼神而道厥事，然后誓之，投卵铛中，烹之熟，则以刀横断鸡卵。既中破焉，其黄白厚薄处为内象，配用外象之彼我，以求其侵克与否。凡卜病卜行人，雅殊有验。

岭右僻且陋，而博白在岭右又甚焉。惟其僻陋而甚，故俗淳古则多长年，动八九十岁不为异也。大凡人本寿，顾嗜欲思虑损之尔。博白城下不百步，则已号新村，吾朝夕曳杖其间。一日至村舍，见大小拱而环立者有十余人，有两老人坐饮，乃兄弟也。大者年九十四，指其小者谓客曰："此我幼弟。"亟问其年，则曰："才七十八矣。"从旁环拱而侍之，皆两老人之曾孙，是殆可入画图也。又曾见有数村媪聚首，有不平色，相与叹息。颇云。二字似误。吾语诸媪："胡为者？"诸媪对曰："我巷南并舍翁昨暮死矣，第令我辈有所不满尔。"问其年，曰"九十九"。吾失笑报诸媪："九十九人，安所谓不满耶？"诸媪共辨析，谓吾曰："惜更一年，且百岁，使满百岁宁不可，而天遽夭之耶？"

长沙之湘西，有道林、岳麓二寺，名刹也。唐沈传师有《道林诗》，大字犹掌，书于牌，藏其寺中，常以一小阁贮之。米老元章为微官时，游宦过其下，舣舟湘江，就寺主僧借观，一夕张帆携之遁。寺僧亟讼于官，官为遣健步追取还，世以为口实也。政和中，上命取诗牌而内诸禁中，亦效道林而刻之石，遍赐群臣，然终不若道林旧牌，要不失真。

鲁公始同叔父文正公授笔法于伯父君谟，既登第，调钱塘尉。时东坡公适倅钱塘，因相与学徐季海。当是时，神庙喜浩书，故熙、丰士大夫多尚徐会稽也。未几弃去，学沈传师。时邵仲恭遵其父命，素从学于鲁公，故得教仲恭亦学传师，而仲恭遂自名家。及元祐末，又厌传师，而从欧阳率更。由是字势豪健，痛快沉著。迨绍圣间，天下号能书，无出鲁公之右者。其后又舍率更，乃深法二王。晚每叹右军难及，而谓中令去父远矣。遂自成一法，为海内所宗焉。又公在北门，有执役亲事官二人，事公甚恪，因各置白围扇为公扇凉者。公心喜之，皆为书少陵诗一联，而二卒大愠。见不数日，忽衣戴新楚，喜气充宅，以亲王持二万钱取之矣，愿益书此。公笑而不答。亲王，时乃太上皇也。后宣和初，曲燕在保和殿，上语及是，顾谓公："昔二扇者，朕今尚藏诸御府也。"

元符末，鲁公自翰苑谪香火祠，因东下无所归止，拟将卜仪真以居焉，徘徊久之，因舣舟于亭下，米元章、贺方回来见，俄一恶客亦至，且曰："承旨书大字，世举无两。然某私意，若不过赖灯烛光影以成其大，不然，安得运笔如椽者哉？"公哂曰："当对子作之也。"二君亦喜，俱曰："愿与观。"公因命具饭磨墨。时适有张两幅素者，食竟，左右传呼舟中取公大笔来，即睹一筒道帘下出。筒有笔六七枝，多大如椽臂，三人已愕然相视。公乃徐徐调笔而操之，顾谓客："子欲何字耶？"恶客即拱而答："某愿作'龟山'字尔。"公乃大笑，因一挥而成，莫不太息。墨甫干，方将共取视，方回独先以两手作势，如欲张图状，忽长揖卷之而急趋出矣。于是元章大怒。坐此，二人相告绝者数岁，而始讲解。乃刻石于龟山寺中，米老自书其侧曰："山阴贺铸刻石也。"故鲁公大字，自唐人以来，至今独为第一。

米芾元章有书名，其投笔能尽管城子。"投"疑"捉"字之讹，张本同误，吴本作"握"。五指撮之，势翩然若飞，结字殊飘逸而少法度。其得意处大似李北海，间能合者，时窃小王风味也。鲁公一日问芾："今能书者有几?"芾对曰："自晚唐柳，近时公家兄弟是也。"盖指鲁公与叔父文正公尔。公更询其次，则曰："芾也。"

王晋卿家旧宝徐处士碧槛《蜀葵图》，但二幅。晋卿每叹阙其半，惜不满也。徽庙默然，一旦访得之，乃从晋卿借半图，晋卿惟命，但谓端邸爱而欲得其秘尔。徽庙始命匠者标轴成全图，乃招晋卿示之，因卷以赠晋卿，一时盛传，人已懠异。厥后禁中谓之《就日图》者，是以太上天纵雅尚，已著龙潜之时也。及即人位，于是酷意访求天下法书图画。自崇宁始命宋乔年掌御前书画所。乔年后罢去，而继以米芾辈。殆至末年，上方所藏率举千计，实熙朝之盛事也。吾以宣和岁癸卯，尝得见其目，若唐人用硬黄临二王帖至三千八百余幅，颜鲁公墨迹至八百余幅，大凡欧、虞、褚、薛及唐名臣李太白、白乐天等书字，不可胜会，独两晋人则有数矣。至二王《破羌》、《洛神》诸帖，真奇殆绝，盖亦为多焉。又御府所秘古来丹青，其最高远者，以曹不兴《元女授黄帝兵符图》为第一，曹髦《卞庄子刺虎图》第二，谢雉《烈女贞节图》第三，自余始数顾、陆、僧繇而下。不兴者，吴孙权时人。曹髦，乃高贵乡公也。谢雉亦西晋人，烈女谓绿珠，实当时笔。又如顾长康则《古贤图》，戴逵《破琴图》、《黄龙负舟图》，皆神绝，不可一二纪。次则郑法士、展子虔，有《北齐后主幸晋阳宫图文》，书法从图之属，大率奇特甚至。唐人图牒已不足数，然唐则《度人经》者，乃褚河南书字，而阎博陵绘其相。类多有此。于今恨眼中亦无复兹睹矣，每令人短气。盖自政和间既好尚一行，世因为之货赂，亦为时病，此则良过矣。

虞夏而降，制器尚象，著焉后世。由汉武帝汾阴得宝鼎，因更其年元。而宣帝又于扶风亦得鼎，款识曰："王命尸臣，官此栒邑。"及后和帝时,窦宪勒燕然还,有南单于者遗宪仲山甫古鼎,有铭,而宪遂上之。凡此数者,咸见诸《史记》所彰灼者。殆魏、晋、六朝、隋、唐,亦数数言获古鼎器。梁刘之遴好古爱奇,在荆州聚古器数十百种,又献古器四种于东宫,皆金错字,然在上者初不大以为事,独国朝来寖乃珍重,始则有刘原父侍读公为之倡,而成于欧阳文忠公,又从而和之,则若伯父君谟、东坡数公云尔。初,原父号博雅,有盛名,曩时出守长安。长安号多古簠、敦、镜、甗、尊、彝之属,因自著一书,号《先秦古器记》。而文忠公喜集往古石刻,遂又著书名《集古录》,咸载原父所得古器铭款。由是学士大夫雅多好之,此风遂一煽矣。元丰后,又有文士李公麟者出。公麟字伯时,实善画,性希古,则又取平生所得暨其闻睹者,作为图状,说其所以,而名之曰《考古图》,传流至元符间,太上皇帝即位,宪章古始,眇然追唐虞之思,因大宗尚。及大观初,乃效公麟之《考古》,作《宣和殿博古图》。凡所藏者,为大小礼器,则已五百有几。世既知其所以贵爱,故有得一器,其直为钱数十万,后动至百万不翅者。于是天下冢墓,破伐殆尽矣。独政和间为最盛,尚方所贮至六千余数,百器遂尽。见三代典礼文章,而读先儒所讲说,殆有可哂者。始端州上宋成公之钟,而后得以作《大晟》。及是,又获被诸制作。于是圣朝郊庙礼乐,一旦遂复古,跨越先代。尝有旨,以所藏列崇政殿暨两廊,召百官而宣示焉。当是时,天子尚留心政治,储神穆清,因从琐闼密窥,听臣僚访诸左右,知其为谁,乐其博识,味其议论,喜于人物,而百官弗觉也。时所重者三代之器而已,若秦、汉间物,非殊特盖亦不收。及宣和后,则咸蒙贮录,且累数至万余。若岐阳宣王之石鼓,西蜀文翁礼殿之绘像,凡所知名,罔间巨细远近,悉索入九禁。而宣和殿后,又创立保和殿者,左右有稽古、博古、尚古等诸阁,咸以贮古玉印玺,诸鼎彝礼器,法书图画尽在。然世事则益烂熳,上志衰矣,非复前日之敦尚考验者。俄遇僭乱,侧闻都邑方倾覆时,所谓先王之制作,古人之风烈,悉入金营。夫以孔父、子产之景行,召公、散季之文辞,牛鼎象樽之规模,龙瓶雁灯之典雅,皆以食戎马,供炽烹,腥鳞湮灭,散落不存。文武之道,中国之耻,莫甚乎此,言之可为于邑。至于图录规模,则班班尚在,期流传以不朽云尔。作古器说。

卷第五

艺祖始受命,久之阴计:"释氏何神灵,而患苦天下? 今我抑尝之,不然废其教也。"日且暮则微行出,徐入大相国寺。将昏黑,俄至一小院户旁,则望见一髡大醉,吐秽于道左右,方恶骂不可闻。艺祖阴怒,适从旁过,忽不觉为醉髡拦胸腹抱定,曰:"莫发恶心。且夜矣,惧有人害汝,汝宜归内。可亟去也。"艺祖动心,默以手加额而礼焉,髡乃舍之去。艺祖得促步还,密召忠谨小珰:"尔行往某所,觇此髡为在否,且以其所吐物状来。"及至,则已不见。小珰独爬取地上遗吐狼籍,至御前视之,悉御香也。释氏教因不废。

释氏有旃檀、瑞像者,见于内典,谓释氏在世时说法于忉利天,而优填王思慕不已,请大目犍连运神力于他方取旃檀木,摄匠手登天,视其相好,归而刻焉。释氏者,身长丈六尺,紫金色,人间世金绝不可拟。独他方有旃檀木者,能比方故也。瑞像则八尺而已,盖减师之半。当释氏在忉利时,适休夏自西,遂由天而下,其瑞像乃从空而逆之,即得受记:"汝后于震旦原注:释氏谓东方为"震旦"。度人无量。"其后藏龙宫,或出在西域,诸国援其说甚怪,语多不载。至梁武帝时发兵越海求之,以天监之十有八年,扶南国遂以天竺旃檀瑞像来,因置之金陵瓦棺阁。传陈、隋、唐,至伪吴杨氏、南唐之李氏,迄本朝开宝,既降下江南,而瑞像在金陵不涉。疑"徙"字之讹,三本并同,仍之。及太宗皇帝以东都有诞育之地,乃新作启圣禅院。太平兴国之末,始命迎取旃檀洎宝公二像自金陵,而内于启圣,置两侧殿。其中如正寝者,则熙陵之神御也。其后取熙陵神御归九禁。大观间,鲁公因奏请:"愿以侧殿之瑞像,复之于正寝。"诏曰:"可。"特命将作监李、原注:名犯中兴御讳。内臣石寿主之。故事,奉安必太史择时日,教坊集声乐,有司具礼仪,奉彩舆而安置之焉。及乐大作,彩舆者兴,转至朵殿,将上入正寝,则朵殿横梁低,下不可度瑞像舆。又奉安时且迫,众为愕惧。李监者恃其才,笑曰:"此匪难也。"亟召搭材士云集,命支撑诸栋梁,尽断之以过像。适经营间，则主事者大呼曰："勿锯，势若可度矣。"万众讴回顾，则见瑞像如人胁肩俯，彩舆乃得行，遂达正寝。于是上下鼓舞，骇叹所未曾见，往往至泣下，因即具奏。当是时，祐陵意向寝已属道家流事，颇不肯向之，又素闻慈圣光献曹后曾礼像而于足下尝度线。且故事，奉安则翌日天子必幸之。昧爽，上自以一番纸付小珰曰："汝持此从乘舆后。"至是，上既焚香立，俟近辅拜竟，乃临视，取小珰所持纸，命左右从足下度之，则略无纤碍。于是左右侍从凡百十，咸失声曰："过矣。"上乃为之再拜。盖自神州陆沉，即不知旃檀瑞像今在否也。

　　元祐岁壬申，鲁公时帅长安，因旱，用故事，上请祷雨于紫阁。紫阁者，终南之胜地。及报可，乃以军府事付诸次官，而自携帅幕兵甲行。才一夕矣，翌旦饭竟，与僚属共憩大树下。树旁有神祠焉，兵将则多入其间，坐未定，忽群走奔出。长安素号多虎，在外者睹人自祠庙中出奔，疑有虎伏于庙，于是众争鸣锣伐鼓，露白刃围守鲁公。公曰："徐之。"召出奔者，即究其所以。乃曰："祠殿上有土偶人，旁积楮钱，中若有物动摇者，故疑其为虎。"公谓不然，乃命二指使："汝入往瞰。"则窃笑而出，报曰："乃一倮妇人坐楮钱中，以楮钱自障其身尔。"公心动，拉宾往共视焉。才见公，则长揖曰："奉候于此三日矣。"公曰："某何人，辱仙姑惠也。"复曰："本欲蜀中相见，休止于此，相见可也。"公曰："某帅长安。"则又曰："本待于蜀中相见尔。"因自举手抚土偶人，而谓公曰："此亦有佛性。"公因嬲云："此乃泥土瓦砾合成，安得有佛性耶？"则亦嘻笑曰："不然。一则非一，二则非二，当如是解。"遂起揖引去，公亟展两手横障之，曰："愿以仙姑下山，使万人共瞻仰，岂不美哉！"因顾公曰："好事不如无。"倮其体略不畏耻，委蛇而去矣。望之，行甚缓，俟已在庙背山之上焉。公悔，亟遣人追其踪，则已不见，竟罔测为何人。公疑其为观世音大士，然世多谓之"毛女"。鲁公自紫阁祷雨还，才逾月，果迁龙图阁学士，帅成都。

　　老王先生老志，道人前事未来者，凡有几，罔不中。韩文公粹彦，吾妻父也，尝得其手字曰："凭取一真语，天官自相寻。"不月余，自工部除礼部侍郎。小天一日命吾绍介，往见之。老志喜，即语小天曰："紫府真人。"小天亦疾应曰："先公魏国薨后，有家吏孙勔日主洒扫，因射大鼋死被追，故有紫府真人事。或书于青琐小说不谬也。"老志又曰："紫府真人，实阴官之贵，匪天仙。魏公功德茂盛，近始升诸天矣。其初玉华真人下侍者也。"小天疾应曰："乃玉华真人下侍者也。"二人相语，即啐啄同时。吾大为之骇。小天徐语吾及老志曰："先公晚在乡郡，但寝与食外，朝夕惟处道室中静默，有独坐至夜分者。未薨之前，遂自悟其身乃玉华真人下侍者也。"时吾叹息不已，而老志喜色自布宅。"自布宅"三字似误。吴本作"自布也"，亦未解。张本云"而老志神色自若也"。此事独吾得久矣，恨世犹未知也。仰惟魏忠献王全德祐世，为本朝宗臣第一，然其始也，一真人下侍者而已。今人动自负道家真怕，释氏果位，恐悉过矣，得不勉旃！

开宝寺灾，殿舍既雄，人力罕克施。鲁公时尹天府，夜帅役夫拯之，烟焰属天矣。睹一僧在屋上救火状，亟令传呼："当靳性命，不宜前。"僧不顾，处屋上，经营自若。俄火透出，屋坏，僧坠于烈焰中。人愤其不戢，快之，则又见在他屋往来不已，益使传呼："万众在是，犹不可施力，汝一僧讵能撤也？"又不听，则复坠。如是者出没四三。竟晓火熄，人谓是僧必死。于是天府吏检校寺众，则俱在，无一损。独于福胜阁下一阿罗汉像形面焦赪，汗珠如雨，犹流未止，故俗号"救火罗汉"。后数游福胜阁下，鲁公指示，得识之。

刘快活，信之黥卒也，不知何地人。始以倡狂避罪入山中，适有所遇，遂能出神，多作变怪。与人言，率道人吉凶，雅有验。每自称"快活"，故时人呼之为"刘快活"。喜出入将相贵人门，又能为容成术。所与游从老媪，皆度为弟子，容色光异，或多至八九十岁。快活上至百岁，然世常见独作五十岁颜状尔。尝从丞相曾布在东府，一夕厓三鼓不得寐，呼侍婢执烛视，室中有声，侍婢曰："此鼠啮尔，那得在帽笼中耶！"试举手启帽笼，则有一刘快活尺许大，因忽不见。时刘快活在外，方与门客对寝，呼门客曰："适误入公内，几不得出也。"始知其为戏。鲁公每饮之酒，无不大醉。夜乃吐出鱼肉，秽恶狼籍，旦人为屏除去，悉御香也。后之雍丘，云雍丘其乡井，一日尸解去。时都邑又有一人，号风僧哥，亦猎狂，时时言事多中。然风僧哥遇见刘快活，辄战栗逡巡退拱作畏避状，世莫晓其故，岂所谓小巫见大巫者耶？

魏汉津，黥卒也，不知何许人。自云遇李良仙人，以其八百岁，世号"李八百"者。得尸解法已六世，尸解复投他尸而再生。汉津尝过三山龙门，闻水声，谓人曰："下必有玉。"因解衣投水，抱石而出，果玉也。崇宁中召见，制《大晟乐》，铸九鼎，皆其所献议。初乐制，一日与宦者杨戬在内后苑，会上朝献景灵宫还，见汉津立道左观车驾，上望之喜，遣小阉传旨抚问，汉津因鞠躬以谢。及还内，戬至，上曰："汉津能出观我耶？"戬曰："不然。早自车驾出，汉津同臣视铸工。方共饮，适闻跸还，臣舍匕箸，遽至于此，然汉津不出也。"上曰："我适见之，岂妄乎？"因呼小阉，具证其故，戬愕然。知汉津能分身，上雅重之。汉津明乐律，晓阴阳数术，多奇中，尝私语所亲曰："不三十年，天下乱矣。"鼎乐成，亦封先生号。然汉津每叹息，谓犹不如初议。未久死。几年，忽有人自陕右附汉津书归其家者，仍遣封以示鲁公，始验为尸解云。

老王先生老志者，濮人也。事亲以孝闻，幼曾为伯母吮疽。初去为漕计吏，持心公平，能自守一，毫厘不受人贿，阅二十年。其后每往来市间，遇一丐人，见辄乞之钱。一旦丐人自言："我钟离生也。"因授之丹。老志服其丹，始大发狂，遂能逆知未来事。翰林学士强渊明，绍圣初为教官，过濮见老志，授之书曰"四皓明达"，且谓："渊明必贵，而主是事。时吾亦与汝相见于帝阙矣。"及政和时，贵妃刘氏薨，追谥为明达皇后，其制书果渊明视草，始悟"四皓"者，赐号也。时大仆卿正宣荐之，召老志馆于鲁公赐第。上遣使询明达事，老志曰："明达后乃上真紫虚元君。"且能传道元君语以白上，而上语亦遣白元君。事甚夥，然颇迂怪。一日，乔贵妃使祝老志曰："元君昔日与吾善，今念之乎？"明旦，老志密封一书进，上开读，乃前岁中秋二妃侍上燕好之语。乔贵妃得之大怵。此亦异也。诏封洞微先生。当是时，郊天而天神为出，夏祭方泽而地祇为应，皆老志先时奏而启发之。又士大夫多从而求书字，其辞始若不可晓，后卒合者十八九，故其门如市。鲁公谓："庆赏刑威，乃上之柄，缙绅不应从方士验祸福，且不经。"而老志亦谨畏，乃奏断之。老志日一食，独汤饼四两，冬夏衣一袭。后云："见师责以受罗縠之服，且处富贵，不知厌足。"凡有衣六七袭，悉封还鲁公。及病，乃力丐归，久之病甚，上乃许其去。及步行出就车，不病也，归濮而死。葬日，又云"若有笙箫云鹤焉"。老志又献乾坤鉴法，上命铸之。鉴成，老志密奏谓："他日上与郑后皆有难，深可儆惧，愿各以五色流苏垂鉴，置于所处之殿，且臣死之后，时时坐鉴下，记忆臣语，切谨慎，必思所以消变者。"

小王先生仔昔者，豫章人也。始自言遇许逊真君，授以《大洞隐书》，豁落七元之法，能知人祸福。老志死后，仔昔来都下。上知之，召令踵老志事，寓于鲁公赐第。大抵巧发奇中，道人腹中委曲，其神怪过老志，逆知如见。又自言昼见星，事多不及载。诏封通妙先生。然鲁公寖不乐，从容奏曰："臣位轴臣辅政，而家养方士，且甚迂怪，非宜。"上甚然之，乃徙之于上清宝箓宫。仔昔建议，九鼎神器，不可藏于外，于是诏内鼎于大内。其后，宫人有为道士亦居宝箓宫者，以奸事疑似发，因逐仔昔。仔昔性傲，又少戆，上常以客礼待仔昔，故其视巨阉若奴仆，又欲使群道士皆师己，及林灵素出，众乃使道士孙密觉发其语不逊，下开封狱杀之。陷仔昔者，中官冯浩为力。仔昔未得罪时，先以书示其徒曰："上蔡遇冤人。"仔昔死甫四年，而冯浩以罪窜，适行至上蔡县，上命杀之焉。靖康初，言事者至谓鲁公尝欲使仔昔锦袍铁帻，以取燕山，盖诬云。

皇太子始册拜，将庙见，其礼仪甚盛。礼应乘金辂，建大旗，而议者从中大不然。于是中宫遽辞而止，独前一夕设卤簿于左掖门外，翌日质明，但常服御马入太庙，更礼衣，冠远游，执九寸圭而款祖宗焉。当是时，清道亲事官有呵哄言皇太子者，父老都人争纵欢呼，众中一父老忽叹息曰："我昔频睹是传呼，今久不闻此声矣。"考之仁庙虽尝在东宫，然罕出，又未几即大位，独真宗为皇太子历年，且数出入。自至道乙未至政和甲午，为年当百二十余，则父老者又不知几何岁人。时太上方留神道家流事，闻，亟使散索，已忽不见。

政和丙申，汴渠运舟火，因顺流直下犯通津门者，号东水门也。通津既焚，而火势猛甚，旁接□观。其日，真武见于云间，神吏左右俨然，万众皆睹。

僧道楷，淄川之村夫也。始事真华严者，不省，乃自取一木横置大井上,端坐作禅观且七年。一旦大悟,便操笔作文偈,无不通解,道价日盛。大观间,住持东都之净因禅院。有天府尹李寿者,虽法家,然喜禅学,特爱重楷,时因陛见,力誉之。上曰:"朕久已钦其名矣。"李寿退,上即命中使锡以磨衲僧法衣,而加赐四字禅师号者,释氏之异数,然楷初弗知也。中使忽持礼来,楷不肯受。又故事,院中应以白金五十镒遗中使,号"书送",而楷曰:"岂可以我故为常住费?"又止不予。中使人亦怅不乐,遂苦辞不受。久之,上乃命李尹谕旨,礼重殷勤,然楷不回也。使者前后凡十七往返,而志益确。上始大怒,命坐以违制罪焉。始追逮楷天府,即有僧俗千许人随之至庭下。李尹惭,因不敢出,独使其两贰官主断。而少尹者顾问:"是僧七十有几耶?"楷曰:"六十有二矣。"二人默,相视失色,即呼医。医至,又曰:"是僧瘦悴,疑若疾病状,行可验之。"楷又大言曰:"道楷平生无病。"二人因低首私语:"如此则当杖矣。"楷笑曰:"不受杖待何时乎?"于是编管沂州。盖邻淄川,将俾近其乡井,实李尹意。至沂,则道侣从之学益炽。楷又厌之,一旦忽去,众走求诸郊野,乃于山中得。遂即山之上为立精舍,而止其间焉。后十许年乃死。方其死时,招聚大众曰:"汝等偕来,尝吾大酸馅。"食竟,独入深山,久不出。众往视之,坐石上,已跏趺而化矣。尝谓浮屠氏时有立志若是者,颇恨吾士大夫近偶罕见之,何哉?

道士李德柔,字胜之。能诗善画,酷肖于传神写照,出入公卿门。东坡公有诗叙尹尊师可元甫生于李氏者,德柔也。鲁公亦喜得其戒徐王好色句,数为大笔书之。其后,天子方向道家流事,尊礼方士,都邑宫观,因寖增崇侈。于是人人争穷土木,饰台榭,为游观,露台曲槛,华僭宫掖,入者迷人。独德柔漠然,益示为朴鲁。群黄冠多揶揄之,遂闻于上。上曰:"德柔贫耶?"命赍钱五百万,俾新作其斋房。德柔不得已拜受,乃为一轩,而名之曰"鼠壤"。上笑,亦为之御书金字榜之。宣和甲辰春,德柔一日报吾,荧惑入端门守内,有旨屏皇城,增贮水器。我始寤荧惑星元解放火耶? 吾不能答。其后,竟坐诮神霄事被逐。尝谓世不乏人,人弗之知尔,盖亦不得以一切论也。

宣和岁己亥夏,都邑大水,几冒入城隅,高至五七丈,久之方退。

时泗州僧伽大士忽现于大内明堂顶云龙之上，凝立空中，风飘飘然吹衣为动，旁侍惠岸、木叉皆在焉。又有白衣巾裹，跪于僧伽前者，若受戒谕状，莫识何人也。万众咸睹，殆夕而没。白衣者疑若龙神之徒，为僧伽所降伏之意尔。上意甚不乐。

宣和六年春正月甲子，实上元节。故事，天子御楼观灯，则开封尹设次以弹压于西观下。天子时从六宫于其上，以观天府之断决者，帘幕重密，下无由知。是日，上偶独在西观上，而宦者左右皆不从，其下则万众。忽有一人跃出，缁布衣，若僧寺童行状，以手指帘谓上曰："汝是耶，有何神？乃敢破坏吾教。吾今语汝，报将至矣。吾犹不畏汝，汝岂能坏诸佛菩萨耶？"时上下闻此，皆失措震恐，捕执于观之下。上命中使传呼天府亟治之，且亲临其上，则又曰："吾岂逃汝乎？吾故示汝以此，使汝知无奈吾教何尔。听汝苦吾，吾今不语矣。"于是箠掠乱下，又加诸炮烙，逼询其谁何，略不一言，亦无痛楚状。上益愤，复召行天法羽士曰宋冲妙，世号宋法师者，亦神奇，至视之，则奏曰："臣所治者邪鬼，此人者，臣所不能识也。"因又断其足筋，俄施刀剐，血肉狼籍。上大不怡，为罢一日之欢。至暮终不得为何人，付狱尽之。呜呼，浮屠氏实有人！

岭南僧婚嫁悉同常俗。铁城去容州之陆川县甚迩，一日，令尹某入寺，见数泥像，乃坐亡僧也。令尹为改观，且叹息，顾谓群髡曰："是亦有坐亡者耶？甚不易得。胡为置诸庭，忍使暴露而略不恤耶？"其间，一髡号敏爽，亟前对曰："此数僧，今已无子孙矣。"闻者笑之。

铁城有寓士成君相如，酷喜道家流事。吾问之："子有所睹耶？何迷而不复乎？"成君曰："有也。我以少年时未识好恶，顷在桂林与一韩生者游。韩生嗜酒，自云有道术，初不大听重之也。一日相别，有自桂过昭平，同行者二人，俱止桂林郊外僧之伽蓝。而韩生亦来，夜不睡，自抱一篮，持匏杓出就庭下。众共往视之，即见以杓酌取月光，作倾泻入篮状，争戏之曰：'子何为乎？'韩生曰：'今夕月色难得，我惧他夕风雨，傥夜黑，留此待缓急尔。'众笑焉。明日取视之，则空篮弊杓如故，众益哂其妄。及舟行至昭平，共坐江亭上，各命仆厮办治肴膳，多市酒期醉。适会天大风，俄日暮，风益急，灯烛不得张，坐上墨黑，不辨眉目矣。众大闷，一客忽念前夕事，戏嬲韩生者：'子所贮月光今安在？宁可用乎？'韩生为抚掌而对曰：'我几忘之，微子不克发我意。'即狼狈走，从舟中取篮杓而一挥，则月光瞭焉，见于梁栋间。如是连数十挥，一坐遂尽如秋天夜晴，月色潋滟，则秋毫皆得睹。众乃大呼，痛饮达四鼓。韩生者又杓取而收之篮，夜乃黑如故。始知韩生果异人也。"成君又谓吾曰："我时舟中与韩生款曲，辄数夕，亦屡邀我索授其炉火及存养法，然我不听。及别去，不知所在。后闻从琼筦陈通判觉者，周流海上，数年，至陆川而殂。及举葬，但空棺，知其尸解矣。我始悔不从之学，用是笃意于神仙事也。"吾既闻成君说，后又五载，适得识陈通判觉，尽以讯陈，而成君之言信。

　　昭陵晚岁开内宴，盖数与大臣侍从从容谈笑，尝亲御飞白书以分赐，仍命内相王岐公禹玉各题其上，更且以香药名墨遍赉焉。一大臣得李超墨，而君谟伯父所得乃廷珪。君谟时觉大臣意叹有不足色，因密语："能易之乎？"大臣者但知廷珪为贵，而不知有超也。既易，转欣然。及宴罢，骑从出内门去，将分道，君谟于马上始长揖曰："还知廷珪是李超儿否？"

　　宣州诸葛氏，素工管城子，自右军以来世其业，其笔制散卓也。吾顷见尚方所藏右军《笔阵图》，自画捉笔手于图，亦散卓也。又幼岁当元符、崇宁时，与米元章辈士大夫之好事者争宝爱，每遗吾诸葛氏笔，又皆散卓也。及大观间偶得诸葛笔，则已有黄鲁直样作枣心者。鲁公不独喜毛颖，亦多用长须主簿，故诸葛氏遂有鲁公羊毫样，俄为叔父文正公又出观文样。既数数更其调度，由是奔走时好，至与挈竹器，巡闾阎，货锥子，入奴台，手妙圭撮者，争先步武矣。政和后，诸葛氏之名于是顿息焉。吾闻诸唐季时有名士，就宣帅求诸葛氏笔，而诸葛氏知其有书名，乃持右军笔二枝乞与，其人不乐。宣帅再索，则以十枝去，复报不入用。诸葛氏惧，因请宣帅一观其书札，乃曰："似此特常笔与之尔。前两枝，非右军不能用也。"是诸葛氏非但艺之工，其鉴识固不弱，所以流传将七百年。向使能世其业如唐季时，则诸葛氏门户，岂遽灭息哉！此言虽小，可以喻大。

　　昔有张滋者，真定人。善和墨，色光黳，胶法精绝，举胜江南李廷珪。大观初，时内相彦博、许八座光凝共荐之于明廷，命造墨入官库。是后，岁加赐钱至三十二万，政和末，鲁公辞政而后止。滋亦能自重。方其得声价时，皇弟燕、越二王呼滋至邸，命出墨，谓"虽百金不吝也"。滋不肯，曰："滋非为利者。今墨乃朝廷之命，不敢私遗人。"二王乃丐于上，诏各赐三十斤。然滋所造，实超今古。其墨积大观库，无虑数万斤。世谓道君用度广，空帑藏，是悉谬说。不知元丰、大观二藏虽研墨，盖何事不具，仍丰盛异常尔。且以敌犯顺时，元丰与内帑，自出河北、山东精绢一千万匹，他绢则勿取，以是证焉，斯可知已。

江南李氏后主宝一研山，径长尺逾咫，前耸三十六峰，皆大如手指，左右则引两阜坡陀，而中凿为研。及江南国破，研山因流转数士人家，为米元章所得。后米老之归丹阳也，念将卜宅，久勿就。而苏仲恭学士之弟者，才翁孙也，号称好事，有甘露寺下并江一古墓，多群木，盖晋、唐人所居。时米老欲得宅，而苏觊得研山。于是王彦昭侍郎兄弟与登北固，共为之和会，苏、米竟相易。米后号海岳庵者是也。研山藏苏氏，未几，索入九禁。时东坡公亦曾作一研山，米老则有二，其一曰芙蓉者，颇崛奇。后上亦自为二研山，咸视江南所宝流亚尔。吾在政和未得罪时，尝预召入万岁洞，至研阁得尽见之。

太上留心文雅，在大观中，命广东漕臣督采端溪石研上焉。时未尝动经费，非宣和之事也。乃括二广头子钱千万，日役五十夫，久之得九千枚，皆珍材也。时以三千枚进御，二千分赐大臣侍从，而诸王内侍，咸愿得之，诏更上千枚，余三千枚藏诸大观库。于是俾有司封禁端溪之下岩穴，盖欲后世独贵是研，时人或不知厥由。今世有得此者，非常材矣。

国朝西北有二敌，南有交趾，故九夷八蛮，罕所通道。太宗时，灵武受围，因诏西域若大食诸使，是后可由海道来。及哲宗朝，始得火浣布七寸，大以为异。政和初，进火浣布者已将半匹矣。其后□筐而至，大抵若今之木棉布，色微青黳，盖投之火中则洁白，非鼠毛也。御府使人自纺绩，为巾襦布袍之属，多至不足贵。亦可证旧说之讹。

奉宸库者，祖宗之珍藏也。政和四年，太上始自揽权纲，不欲付诸臣下，因踵艺祖故事，检察内诸司。于是乘舆御马，而从以杖直手焉，大内中诸司局大骇惧，凡数日而止。因是，并奉宸俱入内藏库。时于奉宸中得龙涎香二，琉璃缶、玻璃母二大簏。玻璃母者，若今之铁滓，然块大小犹儿拳，人莫知其方，又岁久无籍，且不知其所从来。或云柴世宗显德间大食所贡，又谓真庙朝物也。玻璃母，诸珰以意用火煅而模写之，但能作珂子状，青红黄白随其色，而不克自必也。香则多分赐大臣近侍，其模制甚大而质古，外视不大佳，每以一豆火爇之，辄作异花气，芬郁满座，终日略不歇。于是太上大奇之，命籍被赐者，随数多寡，复收取以归中禁，因号曰古龙涎，为贵也，诸大珰争取一饼，可直百缗，金玉穴而以青丝贯之，佩于颈，时于衣领间摩挲以相示，坐此遂作佩香焉。今佩香因古龙涎始也。

旧说蔷薇水，乃外国采蔷薇花上露水，殆不然。实用白金为甑，采蔷薇花蒸气成水，则屡采屡蒸，积而为香，此所以不败。但异域蔷薇花气，馨烈非常。故大食国蔷薇水虽贮琉璃缶中，蜡密封其外，然香犹透彻，闻数十步，洒著人衣袂，经十数日不歇也。至五羊效外国造香，则不能得蔷薇，第取素馨茉莉花为之，亦足袭人鼻观，但视大食国真蔷薇水，犹奴尔。

香木，初一种也。膏脉贯溢，则其结沉水香。然沉水香其类有四：谓之熟结，自然其闲凝实者也；谓之脱落，因木朽而解者也；谓之生结，人以刀斧伤之，而后膏脉聚焉，故言生结也；谓之蛊漏，□□而后膏脉亦聚焉，故言蛊漏也。自然、脱落为上，而其气和；生结、蛊漏，则其气烈，斯为下矣。沉水香过四者外，则有半结、半不结，为灵水沉。弄水香者，番语多婆菜者是也。因其半结，则实而色重；半不结，则大不实而色褐，好事者故谓之鹧鸪斑也。婆菜中则复有名花盘斯、水盘斯，结实厚者，亦近乎沉水。但香木被伐，其根盘必有膏脉涌溢，故亦结。但数为水淫，其气颇腥烈，故婆菜中水盘斯为下矣。余虽有香气，既不大凝实，若是一品，号为笺香。大凡沉水、婆菜、笺香，此三名常出于一种，而每自高下其品类名号为多尔，不谓沉水、婆菜、笺香各别香种也。三者其产占城国则不若真腊国，真腊国则不若海南，诸黎洞又皆不若万安、吉阳两军之间黎母山。至是为冠绝天下之香，无能及之矣。又海北则有高、化二郡，亦出香，然无是三者之别，第为一种，类笺之上者。吾久处夷中，厌闻沉水香，况迩者贵游取之，多海南真水沉，一星直一万，居贫贱，安得之？因乃喜海北香。若凌水地号瓦灶者为上，地号浪滩者为中，时时择其高胜，爇一炷，其香味浅短，乃更作，花气百和旖旎。古人说香暨《续本草》、《酉阳杂俎》诸家流语，殆匪其要。

合浦珠大抵四五所，皆居海洋中间。地名讫宝，名断望者最，而断望池近交趾，号产珠，尤美大。父老更传，昔珠还时，盖自海际，珠母生犹山然，高垒数百千丈，甚或出露波涛上，雅不知得几何代也。刺史者每启其贪欲心，或由是暴虐人，人不自聊，此珠所以去之，皆远徙，从交趾、真腊诸异国，而珠母益不生，就生亦不实矣。俗言珠母者，谓蚌也。凡采珠必蜑人，号曰蜑户，丁为蜑丁，亦王民尔。特其状怪丑，能辛苦，常业捕鱼生，皆居海艇中，男女活计，世世未尝舍也。采珠弗以时，众咸裹粮会，大艇以十数环池，左右以石悬大绲至海底，名曰定石，则别以小绳击诸蜑腰，蜑乃闭气，随大绲直下数十百丈，舍绲而摸取珠母。曾未移时，然气已迫，则亟撼小绳。绳动，舶人觉，乃绞取。人缘大绲上，出辄大叫，因倒死，久之始苏。下遇天大寒，既出而叫，必又急沃以苦酒可升许，饮之醨，于是七窍为出血，久复活。其苦如是，世且弗知也。父老云："顷熙宁末，安南连陷钦、廉，被系虏，生灵瞀瞀，事甫定，而珠为盛还。当是时，商贾走四方，争辐凑，远民赖以安乐。竟坐主者娄浊，则珠寖徙去久矣。中兴后乃复还，海底积高才数寻。一刺史来，得此大喜，即妄为辞以罔其上，请复旧贯。因缚系诸蜑，惨其刑，一方始大骚。走视珠母，则莽见白沙布底尔。徒得珠母，虽合数千百，既破开，略无一珠。群蜑独环之大哭，勿恤也。自是以贡则求诸他。且又加配率，开告讦。凡桎梏而破产者，大率皆无辜，千里告病。然耳目使者又弗吾恻，是天以珠池祸吾民也。"吾闻此，为怃然。后读《熙陵实录》，见书太平兴国七年事，某月甲子，海门采珠场献真珠五千斤，皆径寸者，为掩卷眙愕，何其异哉而致是欤！久而思之，此无他，知实命吏之效。

卷第六

太宗时得巧匠,因亲督视于紫云楼下造金带,得三十条,匠者为之神耗而死。于是独以一赐曹武穆彬,其一太宗自御,其后随入熙陵,而曹氏所赐带,则莫知何往也。余二十八条,命贮之库,号镇库带焉。后人第徒传其名,而宗戚群珰间一有服金带异花精致者,人往往辄指曰:"此紫云楼带。"其实非也,故吾迄不得一识之。自贮镇库带后厪历百十年所,及敌骑犯阙,太上皇狩丹阳,因尽挈镇库带以往。而一时从行者,有若童贯、伯氏诸臣,皆得赐紫云楼金带矣。事后甫平,太上皇言归宫阙,于是靖康皇帝复命追还之库。吾在万里外,独尝闻诸,然又不得一识也。中兴之十三祀,有来自海外,忽出紫云楼带,止以四铐视吾,敌骑再入,适纷纭,所追还弗及者。其金紫磨也,光艳溢目,异常金。又其文作醉拂林状。拂林人皆笑起,长不及寸,眉目宛若生动,虽吴道子画所弗及。若其华纹,则有六七级,层层为之,镂篆之精,其微细之象,殆入于鬼神而不可名。且往时诸带方铐不大,此带乃独大至十二稻。是在往时为穷极巨宝。不觉为之再拜太息,我祖宗规模,虽一带犹贻厥后世,必无以加也。于是亟归之客,而意始适平。因书此以诏后之人。

都邑惠民多增五局,货药济四方,甚盛举也。岁校出入,得息钱四十万缗,入户部助经费,然往时议者甚大不然矣。时上每饬和剂局,凡药材告阙,俾时上请焉。大观间,和剂局官一日请内帑授药犀百数,归解之,偶忽得一株,大绝常犀,且甚异。因不敢用,复上之朝廷,乃命工为之带,虽工人亦叹骇。此上德有所感召之效矣。盖犀倒透中返成正透,其面犹黄蜡,中有黑云一朵,云中夭矫一金龙,飞盘挐空,爪角俱全,遂为御府第一号瑞云盘龙御带。

于阗国朝贡使每来朝,必携其宝铛以往返,自国初以来,迄今如是也。我主客备见之,实一铁铛尔。盖其来入中国,道涉流沙,逾三日程无水火,独挈其水而行。携铛者投之以水,顷辄已百沸矣,用是得不乏,故宝之。

伯父君谟尝得水精枕,中有桃花一枝,宛如新折,茶瓯十,兔毫四,散其中,凝然作双蛱蝶状,熟视若舞动,每宝惜之。

钱塘之龙华寺有傅大士真身,仍藏所谓敲门椎、颂《金刚经》拍板与藕丝灯三物,盖昔为吴越钱王从婺女双林取来。藕丝灯者,乃梁武帝时物也。谬言藕丝织成,实不然,但疑当时之最上锦尔。其所织纹,实《华严》会释氏说法相状凡七所,即所谓"七处"、"九会"者是也。有天人、鬼神、龙象、宫殿之属,穷极幻眇,奇特不可名。政和后索入九禁。宣和初既大黜释氏教,因复以藕丝灯赐宦者梁师成。吾昔在钱塘见之,复于梁师成家得详识焉。师成于靖康间籍没,而藕丝灯者莫知所在。案:《临安志》:钱氏忠献王往婺州发傅大士塔,取骨殖及藕丝织成弥勒像、九乳钟、鸣椰板、扣门槌等遗物十六种,欲置于弥勒院。既至龙山,举之不动,即其地建龙华寺,以骨殖塑大士像,置于塔,并藏其遗物焉。

唐雷氏镲德宗来,世善斫琴著名,遇其得意玉识之,故国初尚方所藏玉鹤琴,独为世甲。在仁宗时,钱塘有名人水丘者又得玉雁琴。而君谟伯父帖曰:"闻贤郎在钱塘得玉雁琴,雁与玉鹤为辈流。玉鹤藏禁中,而雁落人间,此岂常物也哉。"其后,玉雁琴吾得一见,颇不称其誉。又唐李汧公者号善琴,乃自聚灵材为之,曰百衲琴。百衲琴流传当祐陵朝,亦入九禁。是天下号殊绝,独玉鹤、百衲乃第一。上时方稽古博雅,若书画奇工得以待诏日亲近,往往获褒赐,而琴工独闲冷,日月光赫,因日月以冀恩泽,即共奏取御府所宝琴,尽丐理治之。上亦可焉。于是首取百衲琴破之,乃止八段,然胶漆遽解散,群待诏反大惧,辄卤莽庨得合并,玉鹤辈八九咸被坏。遂得时时奏功第赏,但求金石之奏,思得山水之清音,无矣,此良足惜。

闽粤有福清县濒海人家,于海中阑得一物,乃藤奁。开奁,白木枕一,枕之则管弦四发。又有青毛坐褥,人坐其上,毛辄飒然竖起,拥匝人腰,温柔不可名。愚氓惧以为怪,遂并奁焚之。福清士人来为吾言,乃中兴之初也。

金蚕毒始蜀中,近及湖、广、闽、粤寖多。有人或舍此去,则谓之嫁金蚕。率以黄金、钗器、锦段置道左,俾他人得焉。郁林守□□□

为吾言,尝见福清县有讼遭金蚕毒者,县官治求不得踪。或献谋取两刺猬入捕,必获矣。盖金蚕畏猬,猬入其家,金蚕则不敢动,虽匿榻下墙罅,果为两猬擒出之,亦可骇也。又峤岭多蜈蚣,动长二三尺,螫人求死不得。然独畏托胎虫,多延行井幹墙壁上,蜈蚣虽大,遇从下过,托胎虫必故自落于地,蜈蚣为局缩不得行,托胎虫乃徐徐围绕周匝,蜈蚣愈益缩,然后登其首,陷脑而食之死。故人遭蜈蚣害,必取托胎虫涎,辄生捣涂焉,痛立止。且金蚕甚毒,若有鬼神,蜈蚣若是之强且大也,然则猬捕金蚕,托胎制蜈蚣,物理有不可致诘,而人不可以不知。

往时川蜀俗喜行毒,而成都故事,岁以天中重阳时开大慈寺,多聚人物,出百货。其间号名药市者,于是有于窗隙间呼“货药”一声,人识其意,亟投以千钱,乃从窗隙间度药一粒,号“解毒丸”,故一粒可救一人命。夫迹既叵测,故时多疑出神仙。政和间,祐陵以仁经惠天下,尝即上清宝篆宫之前,新作两亭,左曰仁济,给药治疾苦,右曰辅正,主符水除邪鬼。因遂诏海内,凡药之治病彰彰有声者,悉索其方,书而上之焉。于是成都守臣监司,奉命相与穷其状,乃始得售解毒丹家。盖世世惧行毒者为仇害,故匿其迹,非有所谓神仙也。既据方修治,得其全,既并药奏御,事下殿中省。上曰:“朕自弛天子所服御以济元元,毋烦有司也。”由是殿中省群医付诸师验其方,则王氏《博济方》中之保灵丹方尔。当是时,犹子行适领殿中监事,故独得其详。吾落南来,用是药尝救人,食葫蔓草毒得不死者两人,盖不可不书。

太上受命,享万乘至尊之奉,而一时诸福之物毕至,加好奇喜异,故天下瑰殊举入尚方,皆萃于宣和殿小库。宣和殿小库者,天子之私藏也。顷闻之,以宠妃之侍从者颁首饰,上喜而赐之,命内侍取北珠箧来。上开箧,御手亲搎而酹之,凡五七酹以赉焉,初不计其数也,且又不知其几箧。北珠在宣和间,围寸者价至三二百万。又乙巳岁冬,鲁公得疾甚殆,上为临问,而医者奏当进附子物。上意恻怛,命主小库内侍举附子以进。御手亦为采择取四,遣中使赐鲁公,率大犹拳。其一重三两四钱,次重三两二钱,二皆二两八钱。吾狂妄,平居眼孔隘宇宙,睹此亦叹所未始见,则他可称是。

姜芥,一名假苏,《本草》谓性温,不然,实微凉。吾窜峤岭,数见食黄颡鱼偶犯姜芥者,必立死,甚于钩吻毒矣。物性相反,有可畏如是,世于是禁,殆不可不知。

零陵香草生九疑间,实产舜墓,然今二广所向多有之。在岭南,初不大香,一持出岭北则气顿馨烈。南方至易得,富者往往组以为床荐也。

建溪龙茶,始江南李氏,号北苑龙焙者,在一山之中间,其周遭则诸叶地也。居是山,号正焙,一出是山之外,则曰外焙。正焙、外焙,色香必迥殊,此亦山秀地灵所钟之,有异色已。龙焙又号官焙,始但有龙凤、大团二品而已。仁庙朝,伯父君谟名知茶,因进小龙团,为时珍贵,因有大团、小团之别。小龙团见于欧阳文忠公《归田录》,至神祖时即龙焙,又进密云龙。密云龙者,其云纹细密,更精绝于小龙团也。及哲宗朝,益复进瑞云翔龙者,御府岁止得十二饼焉。其后,祐陵雅好尚,故大观初龙焙于岁贡色目外,乃进御苑玉芽、万寿龙芽,政和间且增以长寿玉圭。玉圭凡厘盈寸,大抵北苑绝品曾不过是,岁但可十百饼。然名益新,品益出,而旧格递降于凡劣尔。又茶苗其芽,贵在于社前则已进御。自是迤逦宣和间,皆占冬至而尝新茗,是率人力为之,反不近自然矣。茶之尚,盖自唐人始,至本朝为盛,而本朝又至祐陵时益穷极新出,而无以加矣。

汉宣帝在仄微,有售饼之异,见于《汉书》纪,至今凡千百岁,而关中饼师,每图宣帝像于肆中,今殆成俗。汉氏之德于世如此也。

开宝末,吴越王钱俶始来朝。垂至,太祖谓大官:"钱王,浙人也。来朝宿共帐内殿矣,宜创作南食一二以燕衎之。"于是大官仓卒被命,一夕取羊为醢,以献焉,因号旋鲊。至今大宴,首荐是味,为本朝故事。

种和师服,名将也,出陕右,元祐时,朝廷付之以边事。吕丞相大防始召之饭,举箸,沙鱼线甚俊,吕丞相喜问:"君解识此物耶?"种操其西音曰:"不托便不识。"至今传以为笑。

鲁公盛德,盖自小官时,缙绅间一辞谓之有手段。元祐时守维扬,多过客,日夕盈府寺。一日,本是早膳,召客为凉饼会者八人。俄报客继至者，公必留，偶纷纷来又不已。坐间私语："蔡四素号有手段，今卒迫留客，且若是他食，辄咄嗟为尚可，如凉饼者，奈何便办耶？请共尝之。"及食时，计留客则已四十人，而冷淘皆至，仍精腴。时以为谈柄。

太上皇在位，时属升平，手艺人之有称者，棋则刘仲甫，号国手第一，相继有晋士明，又逸群。琴则僧梵如者，海大师之上足也，然有左手无右手。梵如之亚僧则全根，本领雅不及梵如，但下指能作金石声。教坊琵琶则有刘继安。舞有雷中庆，世皆呼之为雷大使。笛有孟水清。此数人者，视前代之伎，一皆过之。独丹青以上皇自擅其神逸，故凡名手多入内供奉，代御染写，是以无闻焉尔。刘仲甫棋，士大夫特以较唐开元国手王积薪，而仲甫尤出积薪上两道，但仲甫亦自挟数术，能弥缝，士君子故喜其为人，由是名誉益表襮，著《棋经》，效《孙子十三篇》，又作《造微》、《精理》诸集，咸见棋之布置用意，成一家说，世遂谓无以过之矣。及政和初，晋士明者自河东来辇下，方年二十八九，独直出仲甫右。一时又较之，乃高仲甫两道犹有余。其艺左右纵横，神出鬼没，于是名声一旦赫然，即日富贵，然终不弃其故妻，缙绅间尤多之。先哲庙时，有棋手号王憨子者，以其能追仲甫，未几而病心死，故世以谓仲甫阴害之也。及士明出，仲甫闻而呼之，与角逐，为士明再四连败之。于是仲甫乃欲以女妻之，则又辞曰："我有室矣。"仲甫怅不悦，居月余偶以疾殂，盖往往为士明所挫死。故好事者益为浮言，计憨子死之岁，实士明生之年也，则士明果憨子之后身，造物者俾之复其仇云。

花蕊夫人，蜀王建姜也，后号小徐妃者。大徐妃生王衍，而小徐妃其女弟。在王衍时，二徐坐游燕淫乱亡其国。庄宗平蜀后，二徐随王衍归中国，半途遭害焉。及孟氏再有蜀，传至其子昶，则又有一花蕊夫人，作宫词者是也。国朝降下西蜀，而花蕊夫人又随昶归中国。昶至且十日，则召花蕊夫人入宫中，而昶遂死。昌陵后亦惑之，尝进毒，屡为患，不能禁。太宗在晋邸时，数数谏昌陵，而未果去。一日兄弟相与猎苑中，花蕊夫人在侧，晋邸方调弓矢引满，政拟射走兽，忽回射花蕊夫人，一箭而死。始所传多伪，不知蜀有两花蕊夫人，皆亡国，且杀其身。

本朝宦者之盛，莫盛于宣和间。其源流嘉祐、元丰，著于元祐。而元丰时有李宪者，则已节制陕右诸将，议臣如邓中司润甫力止其渐，不可，宪遂用事矣。至元祐，又以垂帘者久，故其徒得预闻政机，关通廊庙，且争事名誉。有陈衍者迹状既露，后又撼太子。太上惧，多以邸中旧宝带赂之得稍止，及亲政而竟杀之焉。然势已张，若禁网则具在也。及崇宁初，上与鲁公匆能戒，于是开寄班法，因寖任事。大观后，遂有官至皇城使，官达者至引进客省矣，至外廷旧规余风则犹尚存也。时士大夫自由公辅而进，耻从此徒，亦罕敢交通。及政和三四年，由上自揽权纲，政归九重，而后皆以御笔从事，于是宦者乃出，无复自顾藉，祖宗垂裕之模荡矣。盖自崇宁既踵元丰任李宪故事，命童贯监王厚军下青唐，后贯因尽攘取陕右兵权。鲁公再从东南召复相而力遏之，朝廷降诏，差方劼察访五路，然遏之不得，更反折角。政和末，遂寖领枢管，擅武柄，主庙算，而梁师成者则坐筹帷幄，其事任类古辅政者。一时宰相执政，悉出其门，如中书门下徒奉行文书。于是国家将相之任，文武二道，咸归此二人，因公立党伍，甚于水火。又当是时，御笔既行，互相抵排，都邑内外，无所适从。群臣有司大惧得罪，必得宦人领之，则可入奏，缓急有所主，故诸司务局争奏，乞中官提领。是后大小百司，上下之权，悉由阉寺。外路则有廉访使者，或置承受官，于是天下一听而纪律大紊矣。宣和之初暨中间，宦人有至太保、少保，节度使、正使、承宣、观察者比比焉。朝廷贵臣，又皆由其门，遂不复有庙堂。士大夫始尽向之，朝班禁近咸更相指目，"此立里客也"，"此木脚客也"，反以为荣而争趋羡之，能自饬励者无几矣。鲁公则居家悔叹，每至啜泣。而上亦觉其难制，始杀冯浩，又杀王尧臣，若杨十承宣、小李使皆死不明，连划数人，然势已成，未睹其益。而群阉既惧，思脱祸无术，则愈事燕游，用蛊上心，冀免夫朝夕。识者深忧，且疑有萧墙之变，汉、唐之事，了在目前。俄祸自外来，大敌适破，都人愤泄，立杀至啖之，骨血无遗余矣。凡此始终，自非皇天拥祐圣祚，不然可胜殆哉，故书其略如此。

政和以还，侍从大臣多奴事诸珰而取富贵。其倡始者，首有王丞相黼事梁师成，俄则盛尹章事向忻、宋八座昇事王仍，后又有王右辖安中亦事师成。此最彰著者。宣和以降，则士大夫悉归之内寺之门矣。黼则呼师成为"恩府先生"，每父事之。安中在翰苑，凡草师成麻制，必极力作为好辞美句，褒颂功德，时人谓之王内相，上梁师成启事章，则与忻捧药而进。昇对人呼王仍为王爷。又有刘輶者，自小官在童贯幕，始终与之尽力，后位至延康殿学士。及都邑倾覆，先索輶入金营，既两宫将播迁，輶闻之，又知金欲用輶，遂自经而死，独能以忠节盖前迹矣。

汉元狩二年，南越献驯象、能言鸟。应劭注"能言鸟，鹦鹉也"。然二广间鹦鹉视陇右实差小，若具五色，又自出外国。但今西瓯之地，适春夏间，山青涧碧，而木绵花发，红树满目如火，与相间错，即多有鹦鹉群飞，动千数百，高下争掠人头面去，其声咬咬可喜，疑若别造一道家羡门方域中尔。人或得其雏，养视而教诸语言。初皆丹喙，中变而黑，度岁余乃复丹，始不变。此雄者也，号名鹦鹉。有喙常黑而不变，此独雌者，号名木戾。是二种者，实藉人力而致之言语，罕有合其自然。至百数十中，忽一天机辨慧，始虽因教，然终乃同诸人而性灵，斯足尚矣。吾顷见贰车陈端诚家一鹦鹉，能自谈对，睹老兵持米筼出，则报曰："院子偷物出也，在簟内。"其小奴窃酒，又亟报曰："惠奴偷酒。"众争视之，穷诘略无迹，反罪其妄。乃又曰："藏卓下矣。"共验之信。于是奴婢大愤，后以计而杀之也。尝读《殷芸小说》载晋张华有鹦鹉，每出还，辄说童仆好恶，一日寂无言，华问其故，曰："被禁在瓮中，何由得知事？"殆类此。

都下飞鸢至多，而大内中为最。每集英殿下燕，则飞鸢动千百为群，翔舞庭中，百官燕食至则多为所掠。故事，遇燕设，乃于邻殿置肉以赐鸢，后稍稍得引去，然尚多有之也。《周官》射鸟氏宾客会同，以弓矢欧鸟鸢，则鸢之善钞盗有自来矣。今乘舆在御，又鸢飞既众，是弓矢有不可欧者，故赐鸢肉乃出本朝，第不知其始。窃谓傥非仁庙之至仁，必由祖宗之圣智矣。

鲁公以元祐末帅蜀，道行过一小馆，有物倒悬于梁间。初疑为怪，后见《古今注》，乃知为蝙蝠也。又《抱朴子》亦谓，蝙蝠五百岁即白而倒悬,食之寿如其年。吾每记公此言。靖康初贬邵陵,始发自长沙,憩一长亭。方坐,忽有类鸦鸽从房中飞掠吾身过者,时亦以为怪,迹其踪,乃在堂中后空舍而倒悬,则知其为伏翼矣,大为之憾怆。俄迁岭外博白,暇日适与客行天庆祠,才升殿,则观梁间累然倒悬者以十数,偷眼伺人,久忽飞去。博白天庆祠,实唐紫极宫也,则是物亦不暇三四百岁矣。客有力劝吾罗捕取而尽食之者,因为之一哂。

政和中于阗国朝贡以马四匹,其一高六尺五寸,其一六尺二寸,其二皆五尺九寸。殆不类常马,其状已怪。则穆王八骏,其图夭矫,宜若有之也。

相州,古邺郡,其西有隆虑,名山也。寺则齐禅师道场,亦名刹也。寺大门之前,左右二池,东为黄龙,西为白龙所窟宅。政和间适大旱,安阳人祷于池,既大澍,于是一时为之飞奏,诏加封爵焉。及褒命下,世俗不知厥由,但迎置诸东池而已。一旦,云雾四合如墨,天大雷电异常,有顷,众登寺楼望,则了然见白龙与黄龙挈战,而黄龙败焉。白龙乃奋迅下取山岭,将塞东池垂半矣。黄龙既护其居,故屡斗而屡败,且不已。其右山谷间,白龙之所据,则水屯于门之外,波浪高逾寺楼也。群髡大惧,为焚香讽咒于楼之上,始悟向之大雨,实白龙为之,而黄龙冒其赏,故一至此竟。于是寺髡力为之讲解,仍许再告请上,终日始得平,白龙因收水而退矣。诏复封白龙焉。吾妻家,相人也,有妻兄检得亲见,故特为吾道之。且龙号称神物,能变化,诚高远,乃亦争虚名,角胜负,未免作世俗态,所以贵乎君子。

江湖间小龙号灵异,见诸传说甚究。崇宁中淮水暴涨,而汴口樯舟不能进。一日昧爽,小龙者出连纲之舟尾,有舵工之妇不识也,谓是蜥蜴,拨置之则跂跂,又缘舵而上。舵工之妇怒,举火柴击其首。随击,霹雳大震一声,而汴口所积舟不问官私舟舵与士大夫家所座船七百只,举自相撞击俱碎,死数十百人。朝廷闻而不乐,第命官为赈恤焉。会发运使上计,而小龙者又复出。大漕甚窘惧,乃焚香祝之:"愿与王偕上计,入觐天子,可乎?"龙即作喜悦状,因举身入香奁中不动。大漕遂携至都辇,先以示鲁公,得奏闻。上遣使索入内,为具酒核以祝之。龙辄跃出奁,两爪据金杯,饮几釂。于是天子异之,取大琉璃缶贮龙,为亲加封识焉,降付都城汴水之都门外小龙祠中。一夕,封识宛如故,视缶中龙,则已变化去矣。上喜,加封四字,仍大敞其祠宇。至大观末,鲁公责东南,舟行始抵汴口,而小龙又出迓鲁公。然小龙所隶南北当江湖间,素不至二浙也。政和壬辰,鲁公在钱塘,居凤山之下私第,以正月七日小龙忽出佛堂中,于是家人大小咸叹异,亦疑必有故。明日,而鲁公召命至,复加六字王。及靖康之初家破,鲁公贬岭外。吾从行至江陵,将遵陆出鼎沣间。公畏暑,因改卜舟,行下江陵,憩诸宫之沙头一仓官廨舍,才弛担,则小龙复出见。鲁公为之涕下,且感念神龙乃不忘恩旧一如此。吾戏公曰:"固知小龙之必来尔。"公愕询其故,吾始曰:"此亦出公之门也。苟每加意于是,无世情者则今日必来,使此龙一出,世间有世情当又不来,是乌足辱人怀抱耶?"公乃收泪而笑。且龙,神尔,而义风有古圣贤操烈,因为书其初末。是亦《春秋》褒贬之余旨,不敢废者也。

宣和元年夏五月,都邑大水。未作前,雨数日连夕如倾。及霁,开封县前茶肆有晨起拭格榻者,睹若有大犬蹲其旁,明视之,龙也,其人大叫而倒。茶肆适与军器作坊近,遂为作坊士群取而食之,屏不敢奏。都人皆图画传玩。其身仅六七尺,若世所绘。龙鳞作苍黑色,然驴首,而两颊宛如鱼,头色正绿,顶有角座极长,其际始分两歧焉,又其声如牛。考诸传记,实龙也。后十余日,大水至,故俗传谓之龙复仇。

世罕识龙、象、师。薛八丈黄门昂,钱塘人也。始位左辖,其小君因出游还,适过宣德端门。时郊禋祀近,有司日按象自外旗鼓迎至阙下而驯习之。夫人偶过焉,适见而大骇,归告其夫曰:"异哉左丞,我侬今日过大内前,安得有此大鼻驴耶!"人传以为笑。

唐人说江东不识橐驼,谓是庐山精,况今南粤,宜未尝过五岭也。顷因云扰后,有北客驱一橐驼来。吾时在博白,博白人小大为鼓舞,争欲一识。客辄阖户蔽障,丐取十数金,即许一入。如是,遍历濒海诸郡,藉橐驼致富矣。后橐驼因瘴疠死,其家如丧其怙恃。

岭右顷俗淳物贱。吾以靖康岁丙午迁博白。时虎未始伤人,村落间独窃人家羊豕,虽妇人小儿见则呼而逐之,必委置而走。有客常过墟井，系马民舍篱下。虎来瞰篱，客为惧。民曰："此何足畏。"从篱旁一叱，而虎已去。村人视虎，犹犬然尔。十年之后，北方流寓者日益众，风声日益变，加百物涌贵，而虎寖伤人。今则与内地勿殊，啖人略不遗毛发。风俗浇厚，乃亦及禽兽耶？先王中孚之道，信乃豚鱼，知必不诬。

博白有远村号绿含，皆高山大水，人足迹所勿及，斗米一二钱，盖山险不可出。有小江号龙赞，鱼大者动长六七尺，皆痴不识人也。村民自夸："我山多凤凰。"吾且谓妄，从而诘之，则曰："其大如鹅，五色有冠，率居大木之颠，穴木而巢焉。遇天气清明则出，出必双双而飞。所过则群鸟举为之敛翼，俯首而伏，不敢鸣者久之。"吾叹曰："此真凤凰也。"古人谓南方丹山产凤，为信。

博白张生公谔者，蜀人。喜学问，能苦辛，卜筑于城西北隅，山间盛概也。吾手助其缉茅，既成，名曰带经堂。下劚地得山蕨，自然成玄武者，龟大于掌，首尾克全，蛇乃夭矫缠龟，犹世图状。张生以献，吾为再拜，烹而食之。既物理有是不可致诘者。

苑囿最盛宣和末。所谓艮岳正门曰阳华，亦五戟，制同宸禁也。自阳华门入，则夹道荔枝八十株，当前椰实一株。有太湖石曰神运昭功，高四十六尺，立其中，为亭以覆之。每召儒臣游览其间，则一珰执荔枝簿立石亭下，中使一人宣旨，人各赐若干，于是主者乃对簿按树以分赐，朱销而奏审焉。吾一日偶获侍从鲁公入，时许共赏椰实。一小珰登梯，就摘而剖之，诸珰人荔枝二枚，于是大珰梁师成者尽谔然。吾笑而顾之曰："诸人久饫矣，且饶吾一路。"盖是时群珰多尚文字，妄相慕仰，咸以吾未始得尝故也。语此一梦，令人怆怅。

蒲中产梨枣，已久得名。昔唐太宗时，有凤仪止梨树上，因变肌肉细腻，红颊玉液，至今号凤栖梨也。至本朝时，一家独出一种，青袍琼肌，香脆甘寒，备众梨之美，又绝胜于凤栖。其人尝进御，后得文林郎，且以青肤足珍，类选人之衫色，因但号之曰文林郎。岁罕得稔，遇稔则但归诸碧油幕下，帅贰共分饷焉，他莫得入口矣。吾得于张守周佐，尝官蒲，故能道之。张名仲爽。

洛阳牡丹，号冠海内，欧阳文忠公有谱言之备。然吾狂病未得时,尝侍鲁公入,应宣召延福宫赏花内宴,私窃谓海内之至极者也。及靖康初元,鲁公分司河南,吾独从鲁公行,时适春三月矣,略得见洛阳牡丹一二,始知九重之燕赏殆虚设,而文忠公之谱其殆雅有未究者。因问诸洛阳人,为吾言:"姚黄,檀心碧蝉,生异花叶,独号花王。虽有其名,亦不时得,率四三岁一开,开或得一两本而已,遇其一必倾城其人若狂而走观,彼余花纵盛,勿视也。于是姚黄苑圃主人,是岁为之一富。"吾又见二父言,元丰中神宗尝幸金明池,是日洛阳适进姚黄一朵,花面盈尺有二寸,遂却宫花不御,乃独簪姚黄以归,至今传以为盛事。

维扬芍药甲天下,其间一花若紫袍而中有黄缘者,名金腰带。金腰带不偶得之,维扬传一开则为世瑞,且簪是花者位必至宰相,盖数数验。昔韩魏公以枢密副使出维扬,一日,金腰带忽出四蕊,魏公异之,乃燕平生所期望者三人,与共赏焉。时王丞相禹玉为监郡,王丞相介甫同一人俱在幕下,及将燕,而一客以病方谢不敏,及旦日,吕司空晦叔为过客来,魏公尤喜,因留吕司空,合四人者,咸簪金腰带。其后,四人果皆辅相矣。或谓过客乃陈丞相秀公,然吾旧闻此,又得是说于吕司空,疑非陈丞相也。是后鲁公守维扬,金腰带一枝又出,则鲁公簪之,而鲁公亦位极。未几,叔父文正公亦尝守维扬,一旦金腰带又出,而维扬人大喜,贺文正公之重望,亟折以献。然花适开未全也,文正公为之怅然,亦簪而赏之焉。久之,文正公独为枢密使,后加使相、检校少保,视宰相恩数。噫,一花之异,有曲折与人合,乃若造物戏人乎?

独 醒 杂 志

［宋］曾敏行 撰
朱杰人 校点

校 点 说 明

　　《独醒杂志》十卷,南宋曾敏行撰。曾敏行字达臣,自号浮云居士,又号独醒道人、归愚老人。吉水(今属江西)人。自幼"志气不群",刻意于学问,慨然有志于当世。然因病而废举子业,遂绝意仕进,发愤治学,上自朝廷典章,下自稗官杂史、里谈巷议,无不记览,对于书画和医学也颇具造诣。

　　《独醒杂志》是他所写的一本随笔,记录了他在读书、交友、旅游及各种社会活动中的所见所闻,身后由其子三聘整理成书。全书所记,上自五代,下迄绍兴中,凡朝廷政事、典章沿革、名人轶事,多有记载。尤其是靖康初朝廷内部主战与主和两派的斗争,及当时发生的几次重大战役,记载十分详实。作者世居江西,故对江西的风土人情、历史遗迹、士大夫阶层中的各种人物动态,记述尤详。

　　《独醒杂志》通行有《知不足斋丛书》本、《笔记小说大观》本、《丛书集成》本。其中《丛书集成》本系据《知不足斋丛书》本排印。《笔记小说大观》本亦与《知不足斋丛书》本同出一源。这次整理,即以《知不足斋丛书》本为底本,以北京图书馆藏明《穴研斋》抄本及文渊阁《四库全书》丁丙补抄本对校。凡底本讹误处,皆据校本径改,不出校记。又原本无标题,为便读者,今在各条前补加了标题。

目　　录

独醒杂志序

古者有亡书，无亡言。南人之言，孔子取之；夏谚之言，晏子诵焉。而孔子非南人，晏子非夏人也。南北异地，夏周殊时，而其言犹传，未必垂之策书也，口传焉而已矣。故秦人之火能及漆简，而不能及伏生之口。然则，言与书孰坚乎哉？虽然，言则坚矣，而言者有存亡也。言者亡，则言亦有时而不坚也，书又可废乎？书存则人诵，人诵则言存，言存则书可亡而不亡矣。书与言其交相存者欤！庐陵浮云居士曾达臣少刻意于问学，慨然有志于当世，非素隐者也。尝与当世之士，商略古今，平章前代之豪杰，知光武不任功臣，而知其有大事得论谏；知武侯终身无成，而知司马仲达实非其对；知邓禹之师无敌，而知其短于驭众；知孙权之兵不勤远略，而知其度力之所能。若夫以兵车为活城，以纸鸢为本于兵器，谈者初笑之，中折之，卒服之。古之人固有生不用于时，而没则有传于后，夫岂必皆以功名之焯著哉！一行之淑，一言之臧，而传者多矣。其不传者，亦不少也，岂有司之者欤？抑有幸有不幸欤？抑其后世之传不传，亦如当时之用不用，皆出于适然欤？是未可知也。若达臣之志而不用世，是可叹也。既不用世，岂遂不传世欤？达臣既没，吾得其书所谓《独醒杂志》十卷于其子三聘。盖人物之淑慝，议论之予夺，事功之成败，其载之无谀笔也。下至谑浪之语，细琐之汇，可喜可笑，可骇可悲，咸在焉。是皆近世贤士大夫之言，或州里故老之所传也。盖有予之所见闻者矣，亦有予之所不知者矣。以予所见闻者无不信，知予之所不知者无不信也。后之览者，岂无取于此书乎！淳熙乙巳十月十七日。诚斋野客杨万里序。

卷第一

蔡端明事母至孝

蔡端明事母至孝。尝步行，遇一妪，貌甚龙钟，问其年，曰："百单二矣。"端明再拜曰："愿吾母之寿如妪。"后果符其言。

包孝肃公尹京人莫敢犯

包孝肃公尹京，人莫敢犯者。一日，闾巷火作，救焚方急。有无赖子相约乘变调公，亟走声喏于前曰："取水于甜水巷耶，于苦水巷耶？"公勿省，亟命斩之。由是人益畏服。

彭仲元能以星历知人祸福

向文简公为庐陵倅，时人未有知者。安城士人彭仲元能以星历知人祸福，文简召问之，仲元曰："通判不必他问，不出十年，位至公相。"文简自庐陵罢官，阅数年，即大拜。仲元之术，不吝于告人吉凶寿夭，不差毫发，时人即之者如市。后官于京师而卒，惜其术无传焉。

何正臣毛君卿幼慧

皇祐元年，何正臣与毛君卿俱以七岁应童子科，君卿之慧差不及正臣。时皇嗣后未生，上见二人年甚幼而颖悟过人，特爱之，留居禁中数日。正臣能作大字，宫人有以裙带求书者，正臣书曰："《关雎》，后妃之德也。"上尝以梨一颗令二人分食之，君卿逡巡不应。上怪，问其故，对曰"父母在上，不敢分离。"上大喜，以为皆能知其大义。翌日，御便殿，俱赐童子出身。正臣字君表，新淦洲上人，后仕至宝文阁待制。君卿字公弼，吉水龙城人，终于朝散大夫。

刘景宏伪从彭玕之胁

刘丞相名景宏，南唐时为吉州牙将。刺史彭玕以吉州叛，攻陷郡县，杀略吏民，胁景宏以从。景宏度势不敌，乃佯许之，随之往来，故吉之城邑独不被残毁。玕既败，景宏以兵归南唐，遂家吉之永新县。尝谓人曰："我伪从彭玕之胁，可活万人，吾虽不偶于时，后必有兴者。"因号所居后山曰"后隆"。景宏既没，越三世而生丞相沆。沆之子孙皆荣显，至今世禄不绝。

杨文公讥讽丁晋公

杨文公大年美须髯。一日，早朝罢，至都堂，丁晋公时在政府，戏谓之曰："内翰拜时须扫地。"公应声曰："相公坐处幕漫天。"晋公知其讥己，而喜其敏捷，大称赏之。天禧末，寇公诸人皆贬远方，文公实预谋，而晋公爱其才，终不忍害也。

蔡元长荐毛友龙

蔡元长尝论荐毛友龙，召对，上问曰："龙者君之象，卿何得而友之？"友龙不能对，遂不称旨。退语元长，元长曰"是不难对，何不曰'尧舜在上，臣愿与夔、龙为友'？"他日再荐之，复召对，上问大晟乐，友龙曰："讹。"上不谕其何谓也。已而元长入见，上以问答语之，对曰："江南人唤'和'为'讹'，友龙谓大晟乐主和尔。"上额之，友龙乃得美除。

刘沆梦登谯楼抱鼓而寝

刘丞相沆冲之守陈州时，尝梦登谯楼抱鼓而寝。既觉，家人告曰："夜漏不闻四鼓,何也?"明日,丞相问故,更吏对曰："夜将四鼓,有蜈蚣长三尺许旋辟鼓上,惴恐莫敢近,遂不报四更。"丞相因悟昨梦,乃不之责。此与欧阳公闻榆荚香而悟身为鹳鸽者何异?

刘弇遇东坡

刘伟明弇少以才学自负,擢高第,中词科,意气自得,下视同辈。绍圣初,因游一禅刹,时东坡谪岭南,道庐陵,亦来游,因相遇。互问爵里姓氏,伟明遽对曰："庐陵刘弇。"盖伟明初不知其为东坡,自谓名不下人,欲以折服之也。乃复问东坡所从来,公徐应曰："罪人苏轼。"伟明始大惊,逡巡,致敬曰："不意乃见所畏!"东坡亦嘉其才气,相与剧谈而去。

杨行密税轻

江南呼蜜为蜂糖,盖避杨行密名也。行密在时,能以恩信结人,身死之日,国人皆为之流涕。予里中有僧寺曰南华,藏杨、李二氏税帖,今尚无恙。予观行密时所征产钱,较之李氏轻数倍。故老相传云:煜在位时,纵侈无度,故增赋至是。欧阳谓行密为盗亦有道,岂非以其宽厚爱人乎?

祖宗时堂吏官止朝请郎

祖宗时,堂吏官止朝请郎。蔡元长为相,多更改祖宗制度,恐其议己,遂许至中奉大夫。宣和间,朝奉大夫以上至中奉大夫者,凡五十余人,虽有诏汰之而不能复旧,至今遂为定制。

王冀公微时诗汪圣锡幼年属对

王冀公,新喻人,微时往观社求祭肉,众问:"尔为谁?"曰:"我秀才也"众曰："何所能?"曰："能诗。"时无纸笔,即取炭画猪皮上曰："龙带晚烟归洞府,雁拖秋色入衡阳。"后之人谓此句有宰相气象。汪圣锡幼年与群儿聚学,有谒其师,因问能属对者,师指圣锡。客因举对云："马蹄踏破青青草。"圣锡应对曰："龙爪拏开淡淡云。"客大惊曰："此子有魁天下之志。"圣锡年未冠,果廷试第一。

辨毛应佺非卒于窦州

李仁甫《通鉴长编·仁宗皇帝纪》:"景祐二年三月丁巳,赐故镇东军节推毛洵家帛五十匹、米五十斛。洵,吉州人,进士及第,又中书判拔萃科。其父国子博士应佺与其母卒于窦州,洵徒跣护丧归里中,负土成坟,毁瘠而卒,特恤之。"即予同里毛子仁父子也。应佺与洵墓铭皆余襄公靖所撰。应佺字子真,罢窦州回,尚历虔、筠、太平三州通判,以明道二年三月丁丑终于当涂官署。其配高氏寿春县君,终于池阳之舟次。次子溥,以毁卒。故余公铭之有曰:"哀殒庭兰,悲摧舞鸾。"洵与兄渐奉丧归葬于华原,结庐墓所凡二十一月,毁瘠如初丧之仪,舆疾归家,数日而卒。郡以孝行闻,诏赐粟帛以旌显之。则子真非卒于窦州,意者仁甫未尝考余公墓铭耳。

仁宗殿试拔萃科问题十通

天圣八年,应书判拔萃科者凡八人,仁宗皇帝御崇政殿试之,中选者六人:余襄公、尹师鲁、毛子仁、李惇裕,其二则失其姓名。问题十通:一问,戊不学孙、吴,丁诘之曰:"顾方略如何尔?"二问,丙为令长,无治声,丁言其非百里才。壬曰:"君子不器,岂以小大为异哉!"三问,私有甲弩,乃首云:"止稍一张,重轻不同。"若为科处? 四问,丁出,见癸缧系于路,解左骖赎之,归,不谢而入,癸请绝。五问,甲与乙隔水将战,有司请逮其未半济而击之,甲曰:"不可。"及阵,甲大败。或让之,甲不服。六问,应受复除而不给,不应受而给者,及其小徭役者,各当何罪? 七问,乙用牛衅钟,牵过堂下,甲见其觳觫,以羊易之。

或谓之曰："见牛不见羊。"八问,官物有印封,不请所由官司而主典擅
开者,合当何罪?九问,庚请复乡饮酒之礼,辛曰："古礼不相沿袭。"
庚曰："澄源则流清。"十问,死罪因家无周亲,上请,敕许充侍。若逢
恩赦,合免死否?时襄公除将作监丞、知海阳县;师鲁武胜军掌书记、
知河阳县;子仁镇东军推官、知宣城县;惇裕大理寺丞、知华亭县,皆
以民事试之也。

毛子仁博学能文

毛子仁博学能文,年十九登进士,二十六中书判拔萃,时誉翕然。
陈恭公、余襄公、杜祁公、王伯中、胥安道、李献臣、王总之十二人各为
诗以饯其归。杜公诗有曰："判就十题彰敏妙,学穷千古见兼该。"其
推重如此。子仁孝于其亲,初为抚州司法,以亲养在远丐罢。后知宣
城县,丁父忧,哀毁成疾。前死之夕,梦一绛袍童子持玉函,中有丹
书,谓子仁曰："帝命召汝,使掌文籍。"觉而异之。次日疾甚,自谓必
不能起,援笔为赞曰："生为幻人,死为天真。改幻从真,无根无尘。"
书毕而逝。

王荆公欲抑甲科三名前恩例

故事,进士第一人,初命官以将作监丞,迁著作郎,次迁右正言。
熙宁中,许冲元将以磨勘当迁。王荆公为相,欲抑甲科三名前恩例,
拟令转太常博士。太常博士与右正言同为一等,然祖宗分别流品,以
太常博士为有出身人迁转,非以待第一人也。荆公方下笔作"太"字
时,堂吏以手约笔,具陈祖宗之制,荆公乃改"太"字右笔作"口"字,冲
元遂迁右正言。

李氏国中无马

李氏建国,国中无马,岁与刘铢市易。太祖既下岭南,市易遂罢,

马益艰得。惟每岁入贡,得赐马百余匹耳。朝廷未悉其有无也。王师南伐,煜遣兵出战,骑兵才三百。至瓜州,尽为曹彬之神将所获。验其马,尚有印文,然后知其为朝廷所赐也。

神宗不敢比德文王

王荆公《诗经义》成书,神宗令以进呈,阅其序篇未毕,谓荆公曰:"卿谓朕比德文王,朕不敢当也。"公曰:"陛下进德不倦,从谏弗咈,于文王何愧?"上曰:"《诗》称'陟降庭止'之类,岂朕所能?"公曰:"人皆可以为尧舜,陛下何自谦如此?"上摇首曰:"不若改之。"

李煜厚养僧

庐山圆通寺在马耳峰下,江左之名刹也。南唐时,赐田千顷,其徒数百众,养之极其丰厚。王师渡江,寺僧相率为前锋以抗。未几,金陵城陷,其众乃遁去。使李煜爱民如僧,则其民亦皆知报国矣。

戴嵩斗牛图

马正惠公尝珍其所藏戴嵩《斗牛图》,暇日展曝于厅前。有输租氓见而窃笑,公疑之,问其故,对曰:"农非知画,乃识真牛。方其斗时,夹尾于髀间,虽壮夫膂力不能出之。此图皆举其尾,似不类矣。"公为之叹服。

东坡称赏谢民师文

谢民师名举廉,新淦人。博学工词章,远近从之者尝数百人。民师于其家置讲席,每日登座讲书,一通既毕,诸生各以所疑来问,民师随问应答,未尝少倦。日办时果两盘,讲罢,诸生啜茶食果而退。东坡自岭南归,民师袖书及旧作遮谒,东坡览之,大见称赏,谓民师曰:

"子之文,正如上等紫磨黄金,须还子十七贯五百。"遂留语终日。民师著述极多,今其族摘坡语名曰《上金集》者,盖其一也。尝有稿本数册,在其婿陈良器处,予少从良器学,屡获观焉。

王文康公称赏梅圣俞诗

王文康公晦叔,性严毅,见僚属未尝解颜。知河南日,梅圣俞时为县主簿,一日,袖所为诗文呈公。公览毕,次日,对坐客谓圣俞曰:"子之诗,有晋、宋遗风,自杜子美没后,二百余年不见此作。"由是礼貌有加,不以寻常待圣俞矣。

陈后山之贤与徐仲车之介

元祐初,后山在京师闻徐仲车之孝行,遂致书以通殷勤,托其门人江季共端礼持以往。季共见仲车言曰:"友人陈师道,好贤乐善,介然不群于流俗。闻先生之风,因愿纳交于下执,有书托端礼以致于左右。"公欣然发缄,读已,谓季共曰:"陈君真贤者,某虽未之见,子谓不群于流俗,今读其书辞,敢以为信然。某年来未尝以诗文入京,故不能为谢,子其为我谢之。"季共以告,后山曰:"仲车之介,当于古人中求,他日扫门未晚也。"闻者两贤之。

今之风筝即古之纸鸢

今之风争,古之纸鸢也,创始于韩淮阴。方是时,陈豨反于代,高祖自将征之。淮阴与豨约从中应,作纸鸢以为期,谋败身戮。而纸鸢之制今为儿戏。使木罂渡军、沙囊壅水,皆如纸鸢之无成,则何以助汉王成业也?"争"当作"筝",盖以竹篾弦其上,风吹之鸣如筝也。

徽宗梦道士何得一来见

　　新淦县道士何得一者，常人也。徽宗尝梦有道士曰何得一者来见，遂以姓名及状貌图像求之。守令以其姓名之同，遂以闻。上大喜，即令送至阙下。既召见，山野龌龊，不能应对，甚不称上意。时方集道流于宝箓宫作醮，因命得一预焉。建醮毕，授丹林郎，遣归。初，得一之有是命也，守令意其形于帝梦，必有所得，因问其有何技能。得一以为昔浴于江中，得杖子状如龙，又尝噀水于壁间，成霉画山水。守亦信之，具以表闻。后人诘其故，杖乃木根，初无他异；而噀水成画者因醉后呕吐成沥耳。至今人传以为笑。

苏轼乃奎宿星

　　徽宗初，建宝箓宫，设醮，车驾尝临幸。讫事之夕，道士以章疏俯伏奏之，逾时不起，其徒与旁观者，皆怪而不敢近。又久之，方起。上宣问其故，对曰："臣章疏未上时，偶值奎宿星官入奏，故少候其退。"上曰："奎宿何神？"对曰："主文章之星，今乃本朝从臣苏轼为之。"上默然。

卷第二

寒 食 来 历

绍兴甲戌省试别院以《中和节》为诗题。举人上请,主司答云:"元宵已过,寒食未来,盖谓此二月节也。"然按《后汉·周举传》:太原郡旧俗,以介子推焚骸,有龙忌之禁。在其亡月,咸言神灵不乐举火,由是士民每中冬辄皆寒食,莫敢烟爨,老少不堪,间或寒死,故因谓寒食为禁烟节。举既为刺史,作吊书以解民之惑。则所谓寒食者果何与于清明耶?今人以清明前三日为寒食,不知又何据也。

刘 沆 仆 人 梦

刘丞相沆为士人时,携一仆赴礼部,夜卧忽惊起哭。丞相怪问,仆曰:"不祥殊甚,不敢言。"再三诘之,曰:"梦主君为人斫去头。"丞相曰:"此乃吉证,斫去头留得项,我当为第二人。"果于王拱辰榜第二人赐第。

坡谷游凤池寺名对

坡、谷同游凤池寺,坡公举对云:"张丞相之佳篇,昔曾三到。"山谷即答云:"柳屯田之妙句,那更重来。"时称名对。张丞相诗云:"八十老翁无品秩,昔曾三到凤池来。"坡公盖取此也。

士人不乐为助教

汉博士选三科,高为尚书郎,次为刺史,其不通政事者以久次补诸侯太傅，此制最合人情。予尝欲依仿汉制以处今之特奏名进士。盖特奏第五等，人皆以为诸州助教。士人晚境至此，亦疲矣。然犹或至于纳敕不愿受者，辞其名而冀其禄也。夫市井巫、医、祝、卜技艺之流，孰不以助教自名。士人役役于科目而与之无别，宜其不乐闻也。予谓不若因补为本贯州县学职，以名次次第授之，自上而下，由州而邑，三岁而易，新故相代。盖以州县学职言之，则其名正；予之以三年之禄，则其礼优。况今居是职者，往往多后生新进，躐取而强处之，人多不服，倘举以授旧人，亦得尚齿之义。

范忠宣雅量

范忠宣公寓居永州东山寺，时诸孙尚幼。一日戏狎，言语少拂寺僧之意，僧大怒，叱骂不已。公坐于堂上，僧诵言过之，语颇侵公，公不之顾。家人闻之，或以告公，亦不应。翌日，僧悔悟，大惭，遂诣公致谢。公慰藉之，待之如初，若未尝闻也。

刘才邵因太白见而忧外患

宣和中，太白见，甚高。尚书刘公才邵时在中秘，见而叹曰："是兵象也，国家其有外患乎！"因与僚友同观，忧形颜色。未几，敌犯畿甸。后，周莒秀实来倅庐陵，赠诗云："刘郎校书天禄阁，太白下观光昭灼。心知汉祀厄中天，夜半瞻星涕零落。"尚书字美中。

王荆公自奉俭约

王荆公在相位，子妇之亲萧氏子至京师，因谒公，公约之饭。翌日，萧氏子盛服而往，意谓公必盛馔。日过午，觉饥甚而不敢去。又久之，方命坐，果蔬皆不具，其人已心怪之。酒三行，初供胡饼两枚，次供彘脔数四，顷即供饭，旁置菜羹而已。萧氏子颇骄纵，不复下箸，惟啖胡饼中间少许，留其四旁。公顾取自食之，其人愧甚而退。人言公在相位，自奉类不过如此。

欧阳公泷冈阡表碑石

两府例得坟院，欧阳公既参大政，以素恶释氏，久而不请。韩公为言之，乃请泷冈之道观。又以崇公之讳，因奏改为西阳宫，今隶吉之永丰。后公罢政出守青社，自为阡表，刻碑以归。江行过采石，舟裂碑沉，舟人曰："神如有知，石将出。"有顷，石果见，遂得以归立于其宫。绍兴乙卯，宫焚，不余一瓦，碑亭独无恙，信有神物护持云。

王冀公荐毛文捷韬略

毛文捷，字长卿，吉水人，淳化三年进士及第。王冀公与之为同年生，雅相友善。文捷豪放不羁，冀公素奇之。景德中，知舒州望江县，冀公时知枢密院，荐知名士四十二人，文捷在其中，独以韬略许之。真宗召至阙下，亲御便殿，试以平西夏方略。文捷对极详明，上大喜，除秘书省校书郎。其制词云："毛文捷通经典礼，廷对方谋，兹谓硕材，可宜旌劝。"

夏英公帅江西日禁巫

夏英公帅江西日，时豫章大疫，公命医制药分给居民。医请曰："药虽付之，恐亦虚设。"公曰："何故？"医曰："江西之俗尚鬼信巫，每有疾病，未尝亲药饵也。"公曰："如此则民死于非命者多矣，不可以不禁止。"遂下令捕为巫者杖之，其著闻者黥隶他州。一岁，部内共治一千九百余家，江西自此淫巫遂息。

范忠宣在永州敬拜宸翰赐物

范忠宣公谪永州，年七十余矣。每朔望日，必陈列其家所藏四朝宸翰及宣赐器皿于堂上，率其子孙罗拜其下。拜毕，缄藏如初。然后长幼相拜，啜茶而退。自始至及北归，未尝或辍。先君官零陵时，与公之去，相望才二十余年，士人多有识公者，具言如此。

国初江西亦用铁钱

国初，江西亦用铁钱。尝见玉笥山玉梁观所藏经，卷尾有题字云："太平兴国三年太岁戊寅，新淦县扬名乡胡某使铁钱一百二十贯足陌，写经六十卷。"玉梁观后改为承天宫。

徽宗内宴顾问梁师成蔡京

徽宗尝内宴，顾问梁师成曰："先王乐以天下，忧以天下。今西北既宾服，天下幸无事，朕因得游宴耳。"师成对曰："臣闻圣人先天下之忧而忧，后天下之乐而乐。"上问蔡京曰："师成之言如何？"京曰："乐不可极尔。"上喜曰："京之言是也。"

寇莱公谪居道州民为建楼

寇莱公谪居道州，初至不谙风土，欲得楼居以御岚瘴之气，而力不能举。一日，与客言之，客曰："此易事。"乃以语郡人，于是争为出力营建，不日落成。及公薨，道之人绘公像祠于楼上，至今奉事唯谨。

吕大防罢相制

吕丞相大防微仲罢相，以大观文出知颍昌府。制有曰："改元而后，与政历九年之间；有国以来，首相踵三人之久。"盖自国初至元祐，为首相者居位多止七八年耳。

何昌言乞宣示蔡京降官罪状

大观四年五月，彗星出于奎、娄之间，又自三月不雨至五月，上颇焦劳。台官吴执中等屡上章言蔡京罪恶，上亦寖薄京之所为，遂降授太子少保致仕。给事中何昌言奏言："大臣被降责，须有章疏及所得圣语文字，俱合过门下省。今京降官罢相，乃止有麻制，又录黄各一道，并无事因。乞依自来体例，备今来行遣，过门下省作定本关报，庶使四方明知京之罪状。"上从之，遂以章疏付外。何给事字忠孺。

致 仕 给 半 俸

国朝自章圣始命致仕者给半俸，然非得旨者不与，遵唐制也。唐人致仕，非有敕不给俸。今致仕者例给其半，与旧制异矣。

仁宗闻二卫士争辩

仁宗皇帝尝闲步禁中，闻庑外有哗者，稍逼听之，乃二卫士。甲曰："人生富贵，在命有无。"乙曰："不然。今日为宰相，明日有贬削为匹夫者；今日为富家，明日有官籍而没之者，其权正在官家耳。"因相与诘难，未服，故争辩不已。帝因密识其人。一日出金奁，封缄甚密，特呼乙送往内东门。行将达，忽心腹痛作，不堪忍，惧愆其期，偶与甲遇，令代捧以先。门司启奁，乃得御批云："去人给事有劳，可保明补官。"乙随至，则辩曰："已得旨送奁，及门疾作，令甲代之尔。"门司覆奏，帝命与持至者，甲遂补官。

唐子西贺张天觉拜相诗

唐子西《内前行》为张天觉作也。天觉自中书侍郎除右仆射，蔡京以少保致仕，四海欢呼，善类增气。时彗星见而遽没，旱甚而雨，人

皆以为天觉拜相，感召所致。上大喜，书"商霖"二字以赐之，且谓之
曰："高宗得傅说，以为用汝作霖雨。今朕相卿，非是之谓耶！"故子西
之诗具言之，其诗云："内前车马拨不开，文德殿下听麻回。紫微侍郎
拜右相，中使押赴文昌台。旄头昨夜光照牖，是夕收芒如秃帚。明日
化为甘雨来，官家唤作调元手。周公礼乐未要作，致身姚宋也不恶。
乡来两公当国年，民间斗米三四钱。"

向子䛒拘张楚伪使

张楚僭伪，遣快行亲事往庐州省视其家，经由淮南，向公子䛒伯
恭，时为发运使，因拘囚之。验其文券，见南京副总管尝资给其人甚
厚，伯恭遂檄使勤王，有"不可污张巡、许远之地"等语。后达上听，深
嘉伯恭之慷慨忠节也。

蔡絛作西清诗话

蔡絛约之，好学知趋向。为徽猷阁待制时，作《西清诗话》一编，
多载元祐诸公诗词。未几，臣寮论列，以为絛所撰私文专以苏轼、黄
庭坚为本，有误天下学术，遂落职勒停。

祖宗官制同是一官迁转凡数等

祖宗官制：同是一官，而迁转凡数等，自将作监主簿至秘书监，
其迁秩各视其品。将作主簿，今承务郎；秘书监，今中大夫。若卿列馆职则为一
等，出身人则为一等，荫补人则为一等，杂流则为一等，所以甄别流
品，为至严密也。自谏议大夫至吏部尚书，其迁除则为一等，谏议大夫，
今大中大夫；吏部尚书，今金紫光禄大夫。盖两制两省官皆极天下之选，论思献
纳，号为侍从，故不复分等级。然其超等而迁，则惟宰相、执政而已。
宰相超三官，执政超两官。

寇莱公贬雷州司户

湖湘官道,穷日之力,仅能尽两驿。父老相传,以为寇莱公为丁、曹所诬蔑,谪为道州司马,欲以忧困杀之,阴令于衡、湘间十里则去一堠,以为五里,故道里之长如是。公既居道,一日宴客,忽报中人传敕来,且有持剑前行者。坐客皆失色,公不为动。中人既至,公谓曰:"愿先见敕。"中人出敕示,乃贬雷州司户。因就郡僚假绿绶拜命,终宴而罢。

何忠孺对策居第一

江西自国初以来,士人未有以状元及第者。绍圣四年,何忠孺昌言始以对策居第一,里人传以为盛事。故谢民师有诗寄忠孺云:"万里一时开骥足,百年今始破天荒。"盖记时人之语也。

东坡大庾岭诗

东坡还至庾岭上,少憩村店,有一老翁出,问从者曰:"官为谁?"曰:"苏尚书。"翁曰:"是苏子瞻欤?"曰:"是也。"乃前揖坡曰:"我闻人害公者百端,今日北归,是天祐善人也。"东坡笑而谢之,因题一诗于壁间云:"鹤骨霜髯心已灰,青松夹道手亲栽。问翁大庾岭头住,曾见南迁几个回?"

徐师川论东坡乐天诗用字

徐公师川尝言东坡长短句有云:"山下兰芽短浸溪,松间沙路净无泥。"白乐天诗云:"柳桥晴有絮,沙路润无泥。""净"、"润"两字,当有能辨之者。

刘 韐 死 节

刘公仲偃自河东、河北宣抚使召归,除京城四壁守御使,与时相议不合,镌官落职奉祠。京城既失守,敌欲得公,用事者诒公以割地遣诣敌营。敌得公,喜甚,即馆于僧寺,遣人为言:"国相知公名,将欲大用。"公曰:"偷生以事二姓,有死不可。"国相,盖谓粘罕。公守真定时,敌人攻城不能下;再入寇,而公已去,真定遂陷,故以此知公也。车驾既北狩,敌复遣人谓公曰:"请以家属北去,取富贵,无徒死。"公仰天大呼曰:"有是乎!"召其指使陈灌谓曰:"国破主迁,乃欲用我,我宁死耳!"即手书片纸,付灌持归报其子,以衣绦自缢死。粘罕闻而叹曰:"是忠臣也。"令葬之。公薨八十日,其子始克具棺敛,颜色如生,人以为忠节之气所致云。朝廷褒其死节,谥忠显,又赐碑额为旌忠褒节之碑。公名韐,建安人。

山谷得草法于涪陵

元祐初,山谷与东坡、钱穆父同游京师宝梵寺。饭罢,山谷作草书数纸,东坡甚称赏之。穆父从旁观曰:"鲁直之字近于俗。"山谷曰:"何故?"穆父曰:"无他,但未见怀素真迹尔。"山谷心颇疑之,自后不肯为人作草书。绍圣中,谪居涪陵,始见《怀素自叙》于石扬休家。因借之以归,摹临累日,几废寝食。自此顿悟草法,下笔飞动,与元祐已前所书大异,始信穆父之言为不诬,而穆父死已久矣。故山谷尝自谓得草法于涪陵,恨穆父不及见也。

米元章有嗜古书画之癖

米元章有嗜古书画之癖,每见他人所藏,临写逼真。尝与蔡攸在舟中共观王衍字,元章即卷轴入怀,起欲赴水。攸惊问何为,元章曰:"生平所蓄,未尝有此,故宁死耳。"攸不得已,遂以赠之。

曾民瞻造豫章晷漏

豫章晷漏乃曾南仲所造。南仲自少年通天文之学，宣和初，登进士第，授南昌县尉。时龙图孙公为帅，深加爱重。南仲因请更定晷漏，帅大喜，命南仲召匠制之。遂范金为壶，刻木为箭，壶后置四盆一斛。壶之水资于盆，盆之水资于斛。其注水则为铜虬张口而吐之。箭之旁为二木偶，左者昼司刻，夜司点。其前设铁板，每一刻一点则击板以告。右者昼司辰，夜司更。其前设铜钲，每一辰一更则鸣钲以告。又为二木图，其一用木荐之，以测日景；其一用水转之，以法天运。制器甚精，为法甚密，皆前所未有。南仲夜观乾象，每预言其迁移躔次。尝言有某星某夜当过某分，时穷冬盛寒，仰卧床上，彻其屋瓦以观之，偶睡著霜下，遂为寒气所侵而死。其学惜无传焉。独晷漏之制，其子尝闻其大概，今江乡诸县亦有令造之者。南仲名民瞻，庐陵睦陂人也。

曾民瞻晷景图

南仲尝谓古人揆景之法载之经传杂说者不一，然止皆较景之短长，实与刻漏未尝相应也。其在豫章为晷景图，以木为规，四分其广，而杀其　，状如缺月。书辰刻于其旁，为基以荐之，缺上而圆下，南高而北低。当规之中，植针以为表，表之两端一指北极，一指南极。春分已后，视北极之表，秋分已后，视南极之表，所得晷景与刻漏相应。自负此图，以为得古人所未至。予尝以其制为之，其最异者，二分之日，南北之表皆无景，独其侧有景，以其侧应赤道。春分已后，日入赤道内，秋分已后，日出赤道外，二分日行赤道，故南北皆无景也。其制作穷赜如此。

卷第三

东坡龙光寺诗谶

东坡北归至岭下，偶肩舆折杠，求竹于龙光寺。僧惠两大竿，且延东坡饭。时寺无主僧，州郡方令往南华招请，未至。公遂留诗以寄之，诗云："斫得龙光竹两竿，持归岭北万人看。竹中一滴曹溪水，涨起江西十八滩。"谓赣石也。东坡至赣，留数日，将发舟，一夕江水大涨，赣石无一见，越日而至庐陵。舟中见谢民师，因谓曰："舟行江涨，遂不知有赣石，此吾龙光诗谶也。"民师问其故，东坡因举以诗之本末。

秦少游贺方回诗谶

秦少游、贺方回相继以歌词知名。少游有词云："醉卧古藤阴下，了不知南北。"其后迁谪，卒于藤州光华亭上。方回亦有词云："当年曾到王陵铺，鼓角悲风，千岁辽东，回首人间万事空。"后卒于北门，门外有王陵铺。人皆以为词谶云。

黄山谷秦少游死生交友之义

秦少游之子湛自古藤护丧北归，其婿范温候于零陵，同至长沙，适与山谷相遇。温，淳夫之子也。淳夫既没，山谷亦未吊其子，至是与二子者执手大哭，遂以银二十两为赙。湛曰："公方为远役，安能有力相及？且某归，计亦粗办，愿复归之。"山谷曰："尔父，吾同门友也，相与之义，几犹骨肉，今死不得预敛，葬不得往送，负尔父多矣。是姑见吾不忘之意，非以贿也。"湛不敢辞。既别，以诗寄二子，有曰："昔在秦少游,许我同门友。"又曰:"范公太史僚,山立乃先达。"又曰:"秦郎水江汉,范郎器鼎鼐。逝者不可寻,犹喜二子在。"又曰:"往时高交友,宰木已枞枞。今我二三子,事业在灯窗。"今集中载《晚泊长沙走笔寄秦处度范元实》五诗是也。前辈于死生交友之义如此。

绍兴庚辰殿试李德远对读精审

绍兴庚辰殿试,上取特奏名进士试卷阅之。一日,御小殿,召对读问云:"'鹤鸣'却写作'鹤鸣','呜呼'却写作'呜呼',何也!"临川人李德远浩时以删定官充对读,即启云:"臣读至此,亦窃疑之,然以其正本如此,不敢改易。尝以针穿记其侧,乞宣正本审验。"上令取视之,果如其言,称叹德远之精审者久之。

唐 人 妙 句

客舍中有题诗一联云:"水向石边流处冷,风从花里过来香。"或云唐人诗,亦妙句也。

杜 少 陵 墓

杜少陵卒于荆楚,归葬于陕,此元微之墓志所载。而衡之耒阳有少陵墓,史氏因以为聂令具牛酒迎之,一夕大醉而卒,故聂令因为之藁葬。微之之志云:旅殡岳阳,其孙元和中改葬于巩,请志其墓。当以是为正,史氏未详本末也。陶母不知终于何地,而今陶母墓在在有之,新淦阛阓中亦有陶母墓。李太白世传乘醉捉月溺死于水,今白墓在采石,又在州东青山。一所而有二墓,耒阳少陵墓殆此类耳!

梅圣俞赠欧阳晦夫及苏明允诗

梅圣俞送欧阳辟晦夫诗有曰:"我家无梧桐,安可久栖凤?凤巢在桂林，乌哺不得共。"晦夫，桂林人，尝从圣俞学，及其南归，故以是诗赠之。苏明允初至京师，时东坡与子由年甚少，人鲜有知者。圣俞独奇之，故赠明允诗有云："岁月不知老，家有雏凤凰。百鸟戢羽翼，不敢呈文章。"后东坡谪海南，过合浦，始识晦夫，谈论累日。晦夫因出圣俞赠行之诗，东坡读毕，执晦夫手笑曰："君年六十六，余虽少一，而白发苍颜大略相似，困穷亦不甚相远，圣俞所谓凤例如此。天下皆言圣俞以诗穷，吾二人又穷于圣俞之诗，可不大笑乎！"

东坡与山谷论书

东坡尝与山谷论书，东坡曰："鲁直近字虽清劲，而笔势有时太瘦，几如树梢挂蛇。"山谷曰："公之字固不敢轻议，然间觉褊浅，亦甚似石压虾蟆。"二公大笑，以为深中其病。

玉笥飚御庙

玉笥飚御庙乃西岳之别祠，初为云腾庙，许觉之书三大字，后改赐今名。唐之神多唐衣冠，传闻其像皆唐所塑，帝像不冕而冠。盖章圣东封后始册帝号，土人屡欲更像，迄不得。卜水旱疾疫，有祷辄应。远近数百里，举子当秋赋，亦皆往谒。始因刘公美中尝致祷，神降之梦，有诗云："来年三月春盛时，骅骝稳步金街西。"刘公自是举进士，中词科，出入中外，终于兵部尚书、显谟阁学士。故皆以为梦之符如是。外舅谢公世林，方舍法盛时再贡不第，其居距祠下不数里，岁时奉祠惟谨。一日，以科目祷焉，梦中亦得诗句云："欲留年少待富贵，富贵不来年少去。"乃乐天诗也。外舅自是不复南宫大廷之试，寻以疾终。

玉笥山清真宫

玉笥山清真宫，乃太秀法乐洞天。两山回合，涧水横陈，门外三峰如削玉。古木寿藤，幽森清峭。环此山十里无居人，道书谓九天司命真君在焉。辄以血食入宫中，夜必有光怪，或自外茹之而来宿者，夜亦惊魇，不能寐。凡病于宫中，垂死必不可生者，气厌厌不绝，必舁出十里外乃绝。相传云：山中不容有死气。此最异也。

范寥慷慨好侠

范信中名寥，为士人时慷慨好侠，故山谷诗《寄校理范寥》有"黄犬苍鹰伐狐兔"之句。舒州张怀素以幻术游公卿间，号"落魄野人"，与朝士吴安诗子侄吴侔、吴储等结连。信中以其谋为不靖也，欲入京告变，而无其资，汤东野实资送之。朝廷逮捕怀素等穷竟其事，大观元年狱成，坐累者余百数，而侔、储十数人皆处极刑，虽其父母亦皆窜贬。信中获赏赉甚厚，乃推以与东野。故东野由监簿积累至从官，寥亦以供备库副使累迁诸路戎钤，晚年终于闽中。

丁晋公家书画填委

丁晋公家书画填委。南迁之日，籍其所藏，得李成山水寒林九十余轴，他物往往称是。初，晋公自两制出守金陵，陛辞之日，章圣以八幅《袁安卧雪图》赐之。旁题云："臣黄居寀定到神品。"盖不知为谁笔也。其所画林石庐舍之所，人物苦寒之态，无不逼真。侈上之赐，于金陵城西北隅，筑堂曰"赏心"，施此图于巨屏，观者惊异。乃知公之嗜画，上且时有以增益之也。

熊叔雅善对

往有从官典藩，数与贼战不利。既召还，一日于朝路中戏同列曰："衣冠佩玉而旋，舍人给事。"盖其人欲溲溺，而时适兼二职耳。未及对，熊叔雅应声曰："弃甲曳兵而走，安抚尚书。"闻者以为善对，而被诮者不堪。

祖宗时知开封府多以翰林学士为之

祖宗时，知开封府多以翰林学士为之。若除知制诰、给谏、待制卿列，则为权发遣。然须有天下之望，且有政术者。姜公遵谓之"姜擦子"，薛公奎谓之"薛出油"，皆以为政清严公正，使人爱而畏之。若包孝肃之政，至今人以为称说。然知府事者，亦未有不为执政也。

蔡京书崇宁钱文

崇宁钱文，徽宗尝令蔡京书之。笔画从省，"崇"字中以一笔上下相贯，"宁"字中不从心。当时识者谓京"有意破宗，无心宁国"。后乃更之。

徽宗初改元建中靖国

徽宗初，改元曰"建中靖国"，本谓建大中之道，无熙宁、元祐之分也。将令学士撰诏，曾子宣言："建中乃唐德宗幸奉天时年号，不若更之。"上曰："太平亦梁末帝禅位年号，太宗用之，初何嫌焉？"遂下诏不疑。蔡京复用，尽变初元之政，改元曰"崇宁"。崇宁者，谓崇熙宁也。

范忠宣不喜登第士人试教官

永州士人有登第者，范忠宣公实识之。一日，问客曰："某人何故未归？"对曰："将试教官。"公不悦，曰："初登第，当勤吏事，若为教官，是自惰也。"叹惜久之。

刘　彝　治　水

胡安定居湖学，建治道斋，俾讲政事者居之。刘彝以论治水见称,后治郡,率能兴水利。彝守章贡,州城东西濒江,每春夏水潦入城,民尝病浸,水退则人多疾死,前后太守莫能治。彝至,乃令城门各造水窗凡十有三间,水至则闭,水退则启。启闭以时,水患遂息。

东坡燕子楼乐章

东坡守徐州,作《燕子楼》乐章,方具稿,人未知之。一日,忽哄传于城中,东坡讶焉。诘其所从来,乃谓发端于逻卒。东坡召而问之,对曰:"某稍知音律,尝夜宿张建封庙,闻有歌声,细听乃此词也。记而传之,初不知何谓。"东坡笑而遣之。

杜镐待试有鼠衔文

杜镐在江南时,待试于有司。一日,旅邸方昼寝,忽有鼠衔文一卷自门窦而入。镐寤而逐之,鼠不惊走,以书置之床前而去。取其书而观之,乃《孝经注疏》也。镐心异其事,遂取读数过。既入试,问题正出疏中,镐遂中选。

章伯益不仕

章伯益,名友直,郇公之族子也。郇公尝欲以郊恩奏补,辞不愿受。皇祐中,廷臣以文行论荐,召试玉堂,亦以疾辞。时有诏太学篆石经,廷臣复荐之,伯益不得已,遂至阙下。篆毕,除将作监簿,伯益固辞。朝廷知其不愿仕,亦不之强。伯益书画今皆名世,惟词章不多见焉。

欧阳公葬于新郑非公意

欧阳公之父崇公,与母韩国太夫人,皆葬于沙溪泷冈。胥、杨两夫人之丧,亦归袝葬。公辞政日,屡乞豫章,欲归省坟墓,竟不得请。

里中父老至今相传云：公葬太夫人时，尝指其山之中曰："此处他日，当葬老夫。"后葬于新郑，非公意也。

斫琴贵孙枝

斫琴贵孙枝。或谓桐本已伐，旁有蘖者为孙枝；或谓自本而歧者为子干，自子干而歧者为孙枝。凡桐遇伐去，随其萌蘖，不三年可材矣。而自子干歧生者，虽大不能拱把。唐人有百衲琴，虽未详其取材，然以百衲之意推之，似谓众材皆小，缀葺乃成。故意其取自子干而歧生者，为孙枝也。孙枝既难得，纵有，非久藏未可用。今人求之老屋间，得其材，当试于水中，没入数尺，徐观其浮，取其阳者用之。此亦古人遗意。若僧寺木鱼，岁年虽久，而扣击之余，声散质伤，不足用也。

世宝雷琴

世宝雷琴。乡人董时亮蓄一琴，以为雷氏旧物，予尝见之，顾莫能辨也。绍兴中，偶一部使者闻之，因愿得以供上方。时亮未许，则借观而固留之，以白金五百两为谢。即日以献，内府辨之曰："琴古且异，以为雷琴则欺矣。"却不纳。献者念费之博，返琴而索银，更谓时亮曰："倘以为无虚辱，则请留百金。"时亮闻之喜曰："以琴归我，正所欲也，银何用为！"尽举而复之，封识尚存。闻者莫不叹服。时亮名正工，官至朝议大夫，而家无生理。后其子仕岭表死，不知琴今归谁氏。

广南人多死于瘴疠

广南风土不佳，人多死于瘴疠。其俗又好巫尚鬼，疾病不进药饵，惟与巫祝从事，至死而后已，方书药材未始见也。景德中，邵晔出为西帅，兼领漕事，始请于朝，愿赐《圣惠方》与药材之费，以幸一路。真宗皆从其请，岁给钱五百缗。今每岁夏至前，漕臣制药以赐一路之官吏,盖自晔始。

润　德　泉

岐山西北十余里有周公祠,祠后山下泉涌出,甘冽特异于他所,土人谓之润德泉。相传云:有大变则涸而不流。崇宁中,泉脉忽竭,山下人浚而深之,始得涓滴,终不能复旧也。

兴国富池庙碑神

兴国富池庙碑神,乃三国吴将甘宁也。绍兴初,巨盗李成既渡江,破江州,欲入豫章,大掠江西诸郡,来祷于庙,以决所向。持杯珓掷之,几及地,忽跃起,高丈余,坠神所坐之后。贼惊曰:“神不我与矣。”遂转战而之湖南。江西不被李成之虐者,皆神之赐也。后郡守以闻于朝,加封王爵,敞大祠宇,龛藏杯珓,而表之曰“灵珓”。

高云翔释东坡水龙吟笛词

东坡《水龙吟·笛词》,高云翔云:“后之笺释者,独谓‘楚山修竹如云’,是蕲州出笛竹;至‘异材秀出千林表’之语,不知是东坡叙取材法也。凡竹,林生,后长者必过前竹,其不能过者,多死。一林内特一竹可材。远而望之,或伐取数十百竿,错乱终不可识。蔡邕仰视柯亭屋椽得奇材,不待如此求之。而邕后无至鉴,独有此法可求耳。”云翔尝赴礼部,与仲兄及诸乡人饮于酒肆。有数老乐工相近谈论音律,云翔微笑。其人乃前致敬曰:“某辈大晟府旧人,适有所谈,而诸学士发笑,必某言不协理也。”云翔时已酒酣,乃取其笛弄之。诸工骇听失色,设拜而去。次日,诣云翔之馆求教,云翔辞之。云翔洞晓音律,能移宫转羽,子弟朋友间无能授其法。再举不第而死。云翔名骧,吉水人。

刘执中知虔州作正俗方

刘执中彝知虔州，以其地近岭下，偏在东南，阳气多而节候偏，其民多疫，民俗不知，因信巫祈鬼。乃集医作《正俗方》，专论伤寒之疾，尽籍管下巫师，得三千七百余人勒之，各授方一本，以医为业。楚俗大抵尚巫，若州郡皆仿执中此举，亦政术之一端也。

孔毅甫梦

孔毅甫为举子时，尝梦有以五色线系角黍来馈者，毅甫食之既。其年，试于南宫，遂中选。

李彪慷慨论时政

大观中，士人李彪久留太学，慷慨好直言，睹时政之弊，欲上书论其事。蔡氏之党知之，乃密以告。元长大怒，付狱推治，且谓开封尹曰："李彪狂妄，死有余责。"人惧，莫敢救者。会张天觉代相，彪得从末减。后元长复位，欲竟其事，遂流彪于海外。

卷第四

何宗元弃官学道

岳将军既死，部下多奇才，时既寝兵，稍稍引去。有何宗元者，积功至修武郎。一日弃官，竟入玉笥山，结屋数椽于山之三会峰上，盖樵牧所不至。居五年，往来宫观间，与道流颇相善。一日，忽谓之曰："来日我居庵作少事，子来访我，则先击石，若庵中有声相应，则不须来。"道流如其言，数日后乃始访之。击石数四，寂无应者，惧而退。又数日，率众再往，启其户视之，则何被发而逝。时方秋暑，不知其死已几日，而面貌如生，亦可谓之不凡矣。

陈与义墨花诗

花光仁老作墨花，陈去非与义题五绝句，其一云："含章檐下春风面，造化功成秋兔毫。意足不求颜色似，前身相马九方皋。"徽庙见而喜之，召对擢用。画因诗重，人遂为此画。绍兴初，花光寺僧来居清江慧力寺，士人杨补之、谭逢原与之往来，遂得其传。补之所作，后益超出，格韵尤高。然觞次醉余，虽娼优墙壁肯为之，他有求者，往往作难。逢原每不乐补之所为，而墨花实不逮，唯长于平远。遇志同气合者，始为作之，若以游艺请，则牢辞固拒，如不愿闻。故其画亦不多见，人亦不知其名也。

古者四时变新火

古者，四时变新火。今人苟简，家所用火，不知何从来，亦不计其岁年也。儿时在湖湘，见一僧舍有长明灯，众云灯有神异，其焰不热。

试以指炙之，信然。后加考究，凡道宫佛屋神祠中，多置此灯，有数百年者。焰青而昏，往往皆不甚热，盖久则力尽尔。今人但知择水，初亦非深知水味，独以清浑甘寒有易晓者。如火齐烹饪，气焰著人，与水功用一等。苟不必变，古人何苦多事？

徐师川论作诗法

汪彦章为豫章幕官，一日，会徐师川于南楼，问师川曰："作诗法门当如何入？"师川答曰："即此席间杯柈、果蔬、使令以至目力所及，皆诗也。君但以意翦裁之，驰骤约束，触类而长，皆当如人意，切不可闭门合目，作镌空妄实之想也。"彦章颔之。逾月，复见师川曰："自受教后，准此程度，一字亦道不成。"师川喜谓之曰："君此后当能诗矣。"故彦章每谓人曰："某作诗句法得之师川。"

丰稷任言责有正直之声

丰中丞相之名稷，绍圣间数任言责，有正直之声。与章质夫友善，而不乐章子厚；与曾子固友善，而不乐曾子宣。其论子厚、子宣章疏皆直指陈，不少恕，初不以质夫、子固之故而为之掩覆也。

蔡京固宠保禄

政和三年，蔡京自杭召还，三入相矣。时大柄多归北司，京求为固宠禄、保富贵之计，于是内兴大役，外招强敌，改定太宰、少宰之制，更立帝姬、命妇之号。欲绝天下之议己，尽假御笔以行之。

孔文仲不负科目

孔经甫文仲为台州司户日，范蜀公举应制科。经甫对策，极言青苗、免役之害，语大忤直。宋次道为初考，以入三等。王禹玉覆考，降一等。韩持国详定，从初考。王荆公见而恶之，密启于上，以御批点之，遂下诏发还本任。孙给事固封还制书，极言其不可。经甫将归，往见蜀公，公叹息其不遇。经甫曰："苟不负科目及公知人之鉴，足矣！不敢以穷达为念也。"公甚壮之，谓曰："君气节如此，无替古人。惟不替今日之志，则某之所愿也。"经甫元祐中为谏议大夫，果以抗直为时所推重云。

孔文仲六七岁能诗

孔经甫年六七岁能作诗。其父司封君尝对客召经甫侍立，客命经甫为莲实诗，经甫立成。记其一联云："一茎青竹初出水，数个黄蜂占作窠。"语虽未工，而比类亲切。客大奇之，经甫自此知名。

庞安常神医

毛公弼守泗州，病泄痢久不愈。及罢官归，遂谒庞安常求医，安常诊之曰："此丹石毒作，非痢也。"乃煮葵菜一釜，命公弼食之，且云："当有所下。"明日，安常视之曰："毒未去。"问："食几何？"才进两盂。安常曰："某煮此药，升合铢两自有制度，不尽不可。"于是再煮，强令进之。已乃洞泄，斓斑五色。安常视之曰："此丹毒也，疾去矣。但年高人久痢，又乍去丹毒，脚当弱，不可复饵他药。"因赠牛膝酒两瓶，饮尽，遂强如初。公弼有一女，尝苦呕吐，亦就求医。安常与之药曰："呕吐疾易愈，但此女子能不嫁，则此病不作。若有娠而呕作，不可为矣。"公弼既还家，以其女归沙溪张氏，年余而孕，果以呕疾死。世传安常医甚神，余耳目所接如此，所传当不诬矣。

吊柳会

柳耆卿风流俊迈，闻于一时。既死，葬于枣阳县花山。远近之人，每遇清明日，多载酒肴饮于耆卿墓侧，谓之"吊柳会"。

陶渊明祠

江州德化县楚城乡，乃陶渊明所居之地，诗中所谓柴桑者。宣和初，部刺史即其地立陶渊明祠，洪刍驹甫为之记。祠前横小溪，溪中盘屹一石，人谓渊明醉石也。土人遇重九日，即携酒撷菊，酹奠祠下，岁以为常。

彭玕王岭

里中有峻岭，号曰"王岭"。相传彭玕反于吉州，僭号称王。南唐遣兵征之，彭玕数败，遂退保于此以死守。余尝登岭上，可置数万人，仓廪府库皆有遗址。至有一所曰"相公平"，足见玕之僭也。旁有山，视王岭为卑小，曰"张钦寨"，以为南唐遣钦来讨之，驻兵其上。玕有谋士曰刘守真，挟邪术，能呼风噀雨，故钦与战辄不利。距岭三十里，有山曰"云火峡"，玕之先垅在焉。后守真死，钦复遣人发其先垅，棺上有小赤蛇，蛇两旁有蚁运土为弓剑形，已而玕败。今循驿道而上，有"刘仙堆"，其旁有刘仙师坛，皆刘之遗迹。土人遇旱，祷于坛下，间亦雨应。

湖湘岩窦中多石燕

湖湘岩窦中多石燕，附石而生，状如海物中瓦垅。每天雨，则迸出堕地。采以入药，以左右顾分雌雄，性大热。时有虞都巡者，先君同僚也，自言服之。其法：每取雄者十枚，煅之以火，透红，则出而渍酒中。候冷，复煅；既煅，复渍，如是者无算。度干酒一升，乃取屑之。每早作，以二钱匕擦齿上，漱咽以酒。虞时年五十，服此药二年，肤发甚泽，才如三十许人，自谓服药之功。一日，忽觉热气贯两目，睛突出，痛不堪忍而死。因思人服金石药，鲜有不为其所毒者。

零陵淡山石岩

零陵淡山有石岩，中空可容千人，东南有石窗，眺望甚远。相传以为其地宜淡竹，而山因得名。或云旧有淡姓人居之，故曰"淡山"。秦时有隐者曰周贞实，尝隐于岩中。始皇好神仙方士，或荐贞实，始皇召之，使凡三往，贞实不起，遂化为石。岩去州二十余里，旁有寺观，往来者无虚日。土人谓岩之幽胜当与浯溪朝阳等。元次山居是邦，而独无品题，甚可怪也。山谷谪宜州时，尝至岩下，今其诗之卒章曰："惜哉次山世未显，不得雄文镵翠珉。"盖纪永人之语。

神宗论刘航书吕诲墓志

神宗尝对执政言："吕诲墓志是司马光撰，刘航书。航亦无所顾忌耶？"韩绛子华不知上意，因解曰："航初许光为书石，后欲悔之而不敢食言，亦甚恐惧也。"上曰："苟恐惧，则不为书矣。"子华不能对。

王荆公悔为吕惠卿所误

王荆公退居金陵，一日，与门人山行，少憩松下。公忽回顾周穜曰："司马十二，君子人也。"穜默不对。公复前行，言之再四，人莫知其意。公此时岂深悔为惠卿辈所误耶？

张逢馆留苏轼兄弟

东坡自惠迁儋耳，子由自筠迁海康，二公相遇于藤，因同行。将至雷之境，郡守张逢以书通殷勤；逮至郡，延入馆舍，礼遇有加。东坡将渡海，逢出送于郊，复官出钱僦居，以馆子由。帅臣段讽闻之大怒，劾逢馆留党人苏轼，及为苏辙赁屋等事。逢坐除名勒停，子由移循州。

东坡擢孙勰于黜籍中

东坡知贡举时,得章贡孙勰之文于黜籍中,见而异之,擢置第五。榜帖既传,诽议藉藉,以勰尝游公之门也。会廷试,勰复中第五,舆论始服文章之定价。勰即坡公所赠《刚说》孙介夫之子也。

晁冲之作梅词以见蔡攸

政和间,置大晟乐府,建立长属。时晁冲之叔用作《梅》词以见蔡攸,攸持以白其父曰:"今日于乐府中得一人。"元长览之,即除大晟丞。词中云:"无情燕子,怕春寒常失佳期。惟有南来塞雁,年年长占开时。"以为燕雁与梅不相关而挽入,故见笔力。

毕斩赵谂

赵谂,元祐九年擢进士第二名。时第一名毕渐,当时榜帖偶然脱去"渐"字旁点水,天下遂传名云"毕斩赵谂"。谂后谋不轨伏诛,果符其谶。

何 仙 姑

何仙姑,永州民女子也。因放牧野中,遇人啖以枣,因遂绝粒,而能前知人事。独居一阁,往来士大夫率致敬焉。狄武襄征南侬,出永州,以兵事问之,对曰:"公必不见贼,贼败且走。"初亦未之信。武襄至邕境之归仁铺,先锋与贼战,贼大败,智高遁走入大理国。其言有证,类如此。阁中有遗像,尝往观之。

黄 钢 剑

西融守陆济子楫遗黄钢剑,且云:"惟融人能作之。"盖子楫未详黄钢之说矣。予居湘时，见徭人岁来谒象庙，各佩一刀，乃所谓黄钢者，惟诸蛮能作之。其俗举子，姻族来劳视者，各持铁投其家水中，逮子长授室，大具牛酒，会其所尝往来者。出铁百炼，尽其铁，以取精钢，具一刀，不使有铢两之羡。故其初偶得铁多者，刀成铦利绝世，一挥能断牛腰。其次，亦非汉人所能作。终身宝佩之，汉人愿得者，非杀之不能取也。往往旁郡多作赝者。予尝访之老冶，谓之"到钢"，言精炼之所到也。今人才以生熟二铁杂和为钢，何炼之有？融剑殆是耶？

神宗爱惜人才

东坡坐诏狱，御史上其寄黄门之诗，神宗见之，即薄其罪，谪居黄州。郑介夫既下吏，狱官得介夫所厚者往还诗文，悉以奏闻。上见晏叔原所赠绝句，亦从而释之。神宗爱惜人才，不忍终弃如此。晏诗有云："小白长红又满枝，筑球场外独支颐。春风自是人间客，主掌繁华得几时。"

释曹子建七启中寒龟

曹子建《七启》云："寒芳莲之巢龟，绘西海之飞鳞。"注云："今之脏肉也。"古乐府《名都篇》亦有"寒鳖炙熊蹯"之句。因知今人食品有所谓蒸汗假鳖者，夫岂承其舛而讹其语耶？

琵琶词绿头鸭

琵琶词《绿头鸭》云："路漫漫汉妃出塞，夜悄悄商妇移船。"徐师川云："非是，当云'路漫漫汉妃马上，夜悄悄商妇江边'。"出塞，愁思；移船，感恨，乃当时语。

王荆公作字说

王荆公作《字说》，一日踌躇徘徊，若有所思而不得。子妇适侍见，因请其故。公曰："解'飞'字未得。"妇曰："鸟反爪而升也。"公以为然。

祖宗重郡守遍赐敕书

天圣中，毛应佺守窦州，朝廷赐《虑囚敕书》云："敕毛应佺：朕念三圣之爱育蒸黔，垂著典法，申戒官吏，简恤刑章，深切丁宁，斯为至矣。方郡守长，如能刻意遵奉，与我共此，何患不臻于讼息而治平哉！今献燠戒时，动植咸茂，而圜墙幽圄，犹有系缧。愀然以思，当食兴叹。汝宜体是忧恻，加于抚循，无使狴犴之间，重有沦胥之困。躬勤省察，称朕意焉。敕书到日，汝可速指挥泥饰洒扫狱房，尝须净洁。每五日一度差人就狱内监逐人力刷汤枷杻，及逐日供给水浆。兼罪人内如有疾病者，立便差人看承医疗。其委无骨肉者，支与吃食。有人供送茶饭者，亦须画时转送，不得邀难减克，无使罪人或至饥渴。所有合归法者，候处断之时，给与酒饭。如小可罪犯，便须逐旋决遣。若是大段刑禁，事关人命，亦须尽理速行勘断，不待淹延，仍散下管内。汝宜尝切提举，无令旷慢，及候依此逐件施行讫闻奏。故兹示谕，想宜知悉。夏热，汝比好否？遣书指不多及。"又《赐衣敕书》云："敕毛应佺：汝外分忧寄，善布化条，眷言守土之良，适及颁裘之候。特申渥赐，用洽朝仪。今赐汝紫乾色大绫绵旋襕衫一领，至可领也。故兹示谕，想宜知悉。冬寒，汝比好否？遣书指不多及。"时应佺官止太子中舍，祖宗重郡守之寄，虽远方小郡，敕书亦且遍赐。今帅守皆无之，不知自何时废也。

卷第五

刘 丞 相 伟 量

刘丞相在位时，族人偶有逋负官租数十万，丞相不知也。前后官吏，望风不敢问。程公珦为庐陵县尉，主赋事，追逮囚系，责令尽偿而后已。或以告丞相，丞相曰："赋入不时，吾家之罪，县官安可屈法也！"乃致书谢之。后珦罢官至京师，丞相延见，礼貌有加。珦出，谓人曰："刘公伟量，非他人能及，真宰相也。"

王荆公不拜神

江之神，今封安济顺泽王。凡江行，有水族登舟，舟人以为神见。王荆公尝泛江归金陵，或见于舟，状稍异。舟人请公致礼，公从容至前，炷香揖之曰："朝廷班爵，公无拜侯之礼。"俄顷，不见。盖其时未封王爵也。

潘延之廉退自守

南昌潘兴嗣延之，号清逸居士。五岁受官，既长，不仕进。赵清献、唐质肃荐之于朝，除校书郎，固辞不就。绍兴中，赵丞相元镇帅豫章，奏言："兴嗣廉退自守，足以风化有位。元符中，尝官其孙淳，蔡京当国，乃追夺其官。今兴嗣孙涛尚在，乞赐推恩，以旌善人。"涛遂补初品官。

东坡论章子厚临兰亭

客有谓东坡曰："章子厚日临《兰亭》一本。"坡笑云："工摹临者，非自得，章七终不高尔。"予尝见子厚在三司北轩所写《兰亭》两本，诚如坡公之言。

范忠宣举诸经大义皆有所宗

范忠宣在永时苦目疾，不复观书。有来谒者，亦时举诸经大义告之，然未尝以为己出。每举一说终，则曰："此先公之训也。"或曰："此翼之先生之语也，此明复先生之语也。"公尝言："学者当有所宗，某自受教于翼之先生，不敢有非僻之心。"

林灵素失宠放归

林灵素以方士得幸徽庙，跨一青牛出入禁卫，号曰"金门羽客"。一日，有客来谒，门者难之，客曰："予温人，第入报。"灵素与乡人厚，即延见焉。客入，灵素问曰："见我何为？"客曰："有小术，愿试之。"即拈土炷炉中，且求杯水噀案上，覆之以杯。忽报车驾来幸道院，灵素仓皇出迎，不及辞别，而其人去。上至院中，闻香郁然，异之。问灵素何香，对曰："素所焚香。"上命取香再焚，殊不类，屡易之而益非。上疑之，究诘颇力，灵素不能隐，遂以实对，且言噀水覆杯事。上命取杯来，牢不可举。灵素自往取，愈牢。上亲往取之，应手而举，仍得片纸，纸间有诗云："捻土为香事有因，如今宜假不宜真。三朝宰相张天觉，四海闲人吕洞宾。"灵素自是眷衰。未几，放归温州而死。

秦少游千秋岁词谶

秦少游谪古藤，意忽忽不乐。过衡阳，孔毅甫为守，与之厚，延留待遇有加。一日，饮于郡斋，少游作《千秋岁》词，毅甫览至"镜里朱颜改"之句，遽惊曰："少游盛年，何为言语悲怆如此！"遂赓其韵以解之。居数日别去，毅甫送之于郊，复相语终日。归谓所亲曰："秦少游气貌大不类平时，殆不久于世矣。"未几果卒。

秦少游书所赋浯溪中兴诗

　　秦少游所赋《浯溪中兴诗》，过崖下时盖未曾题石也。既行次永州，因纵步入市中，见一士人家门户稍修洁，遂直造焉。谓其主人曰："我秦少游也，子以纸笔借我，当写诗以赠。"主人仓卒未能具。时廊庑间有一木机莹然，少游即笔书于其上，题曰："张耒文潜作"，而以其名书之。宣和间，其木机尚存。今此诗亦勒崖下矣。

欧阳公葬母祷神而晴

　　欧阳公自南京留守奉母丧归葬于泷冈，将兴役，忽阴雨弥月。公念襄事愆期，日夕忧惧。里之父甲，往告公曰："乡有沙山之神，乃吾郡太守也，庙祀于此，里人遇水旱，祷之必应。盍以告焉。"公乃为文，斋洁而谒于神曰："修扶护母丧，归祔先域，大事有日，阴云屡兴。今即事矣，幸神宽之，假三日之不雨，则终始之赐，报德何穷！"翌日，天宇开霁，始克举事。公后在政府，一夕，忽梦如坐官府，门外列旗帜甚众，视其名号，皆曰"沙山"。公因感悟前事，遂以神之嘉惠其民者闻于朝。沙山今在祀典。

邹浩论立刘后疏

　　道乡邹公志完《论立刘后疏》有曰："若曰有子可以立为后，则永平中，贵人马氏未尝有子，所以立为后者，以冠德后宫故也。祥符中，德后刘氏亦未尝有子，所以立为后者，以钟英甲族故也。今若贤妃德冠后宫，亦如贵人，钟英甲族，亦如德后，则何不于孟氏罪废之初，用立慈圣光献故事便立之，必迁延四年以待今日，果何意耶？必欲以示信天下，天下之人果信之耶？"上怒甚，内批："贬志完新州。"疏留中不降出，时人亦不知有何说也。元符末，崇庆眷方盛，时相欲媒蘖志完以固位，乃伪为志完之疏，传之中外。其间有云："杀卓氏而夺之子，欺人可也,距可欺天耶!卓氏何辜哉!废孟后而立刘后,快陛下之意,可也,奈天下耳目何!刘氏何德哉!"因指摘此语,谓不可不明白,下新州取索元本。志完不知索之之由,复申元稿不存。诸人遂诬志完,以为实有此说。诏令应天尹孙囊以槛车往新州收赴京师。至泗上,哲宗升遐,其事遂寝。崇宁初,将再贬志完,乃先下诏曰:"朕仰惟哲宗皇帝严恭寅畏,克勤祗德。元符之末,是生越王,奸人造言,谓非后出。比阅臣僚旧疏,适见椒房诉章,载加考详,咸有显证。其时两宫亲临抚视,嫔御执事在旁,何缘外人得入宫禁杀母取子? 实为不根。为人之弟,继体承祧,岂使沽名之贼臣,重害友恭之大义。诋诬欺罔,罪莫大焉! 其邹浩可重行黜责,以戒为臣之不忠者,庶称朕昭显前人之意。如更有言及者,亦依此施行。"志完遂以衡州别驾,永州安置。

庐 陵 石 函

建炎二年,庐陵城颓圮,太守杨渊兴役修治之。掘土数尺,得一石函,中有朽骨,旁有一镜。役工方聚观,或以告渊。渊令取镜洗而视之,其背有文曰"唐兴元之初,仲春中巳日,吾季爱子役筑于庐陵,殒于西垒之垠,未卜窆于他所,就瘗于西垒之巅。吾卜斯土,后当火德九五之间,世衰道败,丧乱之时,浙梁相继。章贡邦昌之日,吾子亦复出于是邦,东平鸠工,决使吾季爱子听命于水府矣。京兆逸公深甫记。"渊览而异之,急遣问石函所在,则役夫以为不祥,弃之于江矣。

宣和六年免夫钱扰民

宣和六年,山后将入版图,大农告乏,蔡、李诸人遂建免夫钱之议。江西一道,凡赋钱一百五十七万,而漕运之费不预焉。令下之日,州县莫知所措,乃令税一千者输一万。约日而集,督责加峻。时赋敛遽起,民间嗟怨。守令有观望风旨者,建皂纛以令曰:"稍愆期,即以乏军兴论。"人益皇惧,小民往往去而为盗。后夫钱之纲将至淮甸，而敌骑已及郊，钱皆为船人所私矣。

金明池龟问卜

太祖时，或诣司天官苗光裔问卜。光裔布算成卦，谓曰："当迁徙。"其人问："不损人口否？"光裔曰："无害。"既去，又一人至，其占如前。又顷之，又一人来占亦同，仍有前问。光裔疑之，熟视其人，容貌亦相肖，差有老少之间。光裔起曳其裾，诘曰："尔为谁？"其人不得已，对曰："我金明池龟也，前二人乃父祖。朝廷今欲广池，且及我穴，恐见杀，故来问卜。幸哀我垂救。"光裔释之，即以奏闻。已而凿池，果得龟十数万，下令不得伤一龟，尽辇送水中。

王伦使金不归

王枢密伦初使金归，一行官吏恩数甚厚。暨再使，争愿随往。伦至金，留不得还，欲发一官属归报，纷然请归，伦于是皆不遣。方再使时，请云："到金，有表归，书伦名引笔出钩外，则可归；不出，则不归矣。"惟秦丞相知之，其家人皆不知也。伦时以金书出使，其家人仍在府第。伦死于金，朝廷秘其事，所以礼遇其家者如初。后其子弟因游观作乐，秦相适闻之，呼枢密使府目谓曰："枢密死矣，本欲更迁延以厚恩数，今已不可，须即日发哀云。"

秦丞相董参政同执政

秦丞相、董参政同执政，二府之夫人俱入见。参政戒其夫人无妄奏对，惟丞相夫人是从。退归，丞相果问参政夫人有何言，夫人曰："无所言。"丞相喜，于是待参政益亲。

洪 皓 贬 死

洪忠宣公皓，绍兴初以礼部尚书使金，留之十五年。既归，母太硕人董氏，年八十余矣，请补外以便养。秦丞相桧素不乐公，乃以徽猷阁学士出守乡郡。明年，大水，时内侍白锷从慈宁太后北归，负恃旧恩，宣言：“燮理乖盭，洪尚书名闻远近，顾乃不以为相？”语闻，秦相大怒，付锷于理。谏官承风旨，遂谓公与锷为刎颈交，更相誉说，由是罢郡。锷遂髡流岭表。言者复谓公睥睨钧衡，谋为不靖，遂贬英州。居九年，不及内徙而薨。公饶州人，字光弼。

宣和间京师人多歌蕃曲

先君尝言，宣和间客京师，时街巷鄙人多歌蕃曲，名曰《异国朝》、《四国朝》、《六国朝》、《蛮牌序》、《蓬蓬花》等，其言至俚，一时士大夫亦皆歌之。又相国寺货杂物处，凡物稍异者皆以“番”名之。有两刀相并而鞘，曰“番刀”，有笛皆寻常差长大，曰“番笛”，及市井间多以绢画番国士马以博塞。先君以为不至京师才三四年，而气习一旦顿觉改变。当时招致降人杂处都城，初与女真使命往来所致耳。

蔡京父子争权相忌

燕山招纳之举，多出于蔡攸。攸父子晚年争权相忌，至以茶汤相见，不交他语。王师败于白沟河，元长尝以诗寄攸曰：“老懒身心不自由，封书寄与泪横流。百年信誓当深念，三伏征涂盍少休。目送旌旗如昨梦，心存关塞起新愁。缁衣堂下清风满，早早归来醉一瓯。”诗稍传入禁中，徽宗命京以进呈。上阅毕曰：“‘三伏征涂’，不若改作‘六月王师’。”诗复以还。观此诗，则知是举非惟当时人知其非，虽其父亦知之矣。郑昂《厄史》作：“老惯人间不解愁，置身帷幄若为筹。”昂，京之客，宜得其真。

观 音 像 石

余乡民有烧畬于山岗，每晨往，必见人憩于树阴之石。望之，仿佛如释教所谓观音像者。稍逼近，则不见矣。一日再往，所见如前，即石求之，莹然如玉，其中隐隐有观音像，类今之绘者。民以石归，龛而祠之，自是生理日饶，家用大昌。民既死，其二子析居，兄请尽以家赇与弟，而唯求其石。弟亦愿得石，而尽举家赇以逊其兄。争之不已，诉于郡。太守取石藏之公帑，而析其财，由是争息。郡经兵火，帑藏皆毁，石失所在。老吏执事其时者尝见之，为言如是。

崇 德 庙

有方外士，为言蜀道永康军城外崇德庙，乃祠李太守父子也。太守名冰，秦时人，尝守其地。有龙为孽，太守捕之，且凿崖中断，分江水一派入永康，锁孽龙于离堆之下。有功于蜀人，至今德之，祠祭甚盛，每岁用羊至四万余。凡买羊以祭，偶产羔者，亦不敢留。永康藉羊税以充郡计。江乡人今亦祠之，号曰"灌口二郎"，每祭，但烹一膻，不设他物，盖有自也。

章伯益精于游艺

予藏章伯益草虫九便面，笔势飞动，几夺造化。后有孔毅甫、周元翁、米元章诸公题识。客有谓："伯益以篆名世，何为善画复如此而不多见也？"予观《修水集》有《题伯益飞歧图》，亦嘉其游艺之精，则伯益之墨戏当亦有藏之者矣。

东 坡 多 雅 谑

东坡多雅谑。尝与许冲元、顾子敦、钱穆父同舍。一日，冲元自窗外往来,东坡问:"何为?"冲元曰:"绥来。"东坡曰:"可谓奉大福以来绥。"盖冲元登科时赋句也。冲元曰:"敲门瓦砾,公尚记忆耶?"子敦肥硕,当暑,袒裼据案而寐。东坡书四大字于其侧曰:"顾屠肉案。"穆父眉目秀雅,而时有九子,东坡曰:"穆父可谓之九子母丈人。"同舍皆大笑。

米元章高自誉道

米元章尝写其诗一卷投许冲元,云:"芾自会道言语,不袭古人。年三十,为长沙掾,尽焚毁已前所作。平生不录一篇投王公贵人。遇知己索一二篇则以往。元丰中,至金陵,识王介甫;过黄州,识苏子瞻,皆不执弟子礼,特敬前辈而已。"其高自誉道如此。至评章伯益书乃云:"如宫女插花,嫱嫱对镜,自有一般态度。继其后者谁欤? 襄阳米芾。"则元章于字画间乃有所推重。世谓元章学罗让书,盖其少时,非得法于让也。

董敦逸录问元符厌诅事

董公敦逸,永丰人。元祐中立朝为侍御史,弹击不避贵近,人畏惮之,京师呼为"白须御史"。元符厌诅事起,皇城司具狱,哲宗御批令公录问,中书不预知也。公入狱引问,见宫官奴婢十数人,肢体皆毁折,至有无眼耳鼻者,气息仅属,言语亦不可晓。问之,只点头,不复能对。公大惊,阁笔不敢下。内侍郝随传旨促之,且以言语胁公。公不得已,以其案上。翌日,上疏言:"中宫之废,事有所因,情有可察。诏下之日,天为之阴翳,是天不欲废之也。人亦为之流涕,是人不欲废之也。臣尝录问,知其非辜,倘或不言,诚恐得罪于天下后世。"上大怒,将议贬斥,廷臣皆不敢言。曾子宣徐奏曰:"陛下以皇城之狱出于近侍,故特命敦逸录问,今又贬敦逸,臣恐天下疑惑矣。"上意始解,未几,竟出之。

卷第六

萧子荆深于春秋之学

胡邦衡《春秋》之学受教于萧子荆。子荆名楚，庐陵人。绍圣间贡于乡，不第，因留太学。时方尚词赋，子荆独崇经术，尤深于《春秋》。从其学者，尝百余人。会蔡京当国，黜《春秋》之学，子荆慨然引还，移书谓冯澥曰："蔡氏废麟经，忘尊王之义矣。是将为宋王莽，吾不愿仕。"澥得书不敢答。澥亦尝受《春秋》大义。邦衡擢进士甲科而归，子荆尚无恙，谓邦衡曰："学者非但拾一科而止，身可杀，学不可辱，无祸吾《春秋》。"子荆建炎四年卒，以未尝娶，故无子。门人私谥曰"清节先生"。有《春秋经辩》行于庐陵。

严颢廉介自持

曾外祖严府君颢举进士，皇祐方平治时，四为县宰，所居称职，廉介自持，不求闻达。祖母为余言，府君为惠州河源令三年余，禄不足以养，而丝毫无扰于吏民。罢归，人惜其去，争饯以海错。舟行十里余，家人发缶得黄金，以告。府君亟命掩缶，召馈者还之。其清谨视古廉吏，惜名不闻于太史氏云。

米元章自谓不颠

米元章以书名，而词章亦豪放不群。东坡尝言，自海南归，舟中闻诸子诵其所作古赋，始恨知之之晚。徽宗朝，以廷臣论荐除太常博士。时内史吴拭行词多所褒奖，元章喜，作诗以谢之。其末章有云："中间有一萧闲伯，学道登仙初应格。朝元明日拜五光，玉皇应怪须眉白。"盖自谓也。未入谢,言者谓其倾邪险怪,诡诈不近人情,人谓之颠,不可以登朝籍。命遂寝。元章大不平,即上章政府诉其事,以为在官十五任,荐者四五十人,此岂颠者之所能?竟不报。后四年,始得召,复归班。元章喜服唐衣冠,宽袖博带,人多怪之。又有洁疾,器用不肯令人执持。尝衣冠出谒,帽檐高,不可以乘肩舆,乃彻其盖,见者莫不惊笑。所为类多如此。

东坡书惠政桥额

东坡谪岭南,元符末始北还。舟次新淦时,人方础石为桥,闻东坡之至,父老儿童二三千人聚立舟侧,请名其桥。东坡将登舟谒县宰,众人填拥不容出,遂就舟中书"惠政桥"字与之,邑人始退。然字画差褊小,不似晚年所书,盖当时仓卒迫促而然尔。

范 忠 宣 雅 量

范忠宣公居于永,太守观望时政,与公相忘,岁时亦不加礼。建中靖国初,朝廷将起公,遣中使宣赐茶药,问劳甚至,官吏遂生新敬。及公将行,皆出送于四五十里外。公辞之不可,乃一一延见,慰藉有加。或进谓公曰:"时事一变,朝廷将复用公矣。"公谢曰:"某罪大责薄,蒙恩内徙,若得正丘首,幸矣!他非所愿也。"言者惭谢而退。

董德元以老榜廷对第一

永丰董体仁德元,少年魁乡举,士林中亦知名。后累试礼部不第,流落困踬,竟就特奏名,补文学。初任道州宁远簿,尚待次。其生徒富家刘氏子邀与俱试漕司,复预荐试礼部合格,廷对遂为天下第一。遣书报其家人,有诗云:"御笔题封墨未干,君恩重许拜金銮。故乡若问登科事,便是当初老榜官。"庐陵之俗,谓特奏名为老榜。初,体仁既预漕举,谒一达官,干东上之费,达官语坐客,有"老榜"之语。

体仁颇不能平,故其诗及之。时绍兴戊辰,体仁年五十三矣。秦丞相当国,雅器重之,援引登朝。不十年,参知政事。秦相死,体仁以言章罢归于庐陵。

文潞公为本朝名臣福禄之冠

文潞公,汾州人,年九十二薨。更事四朝,涖历二府,七换节钺。位将相五十余年,平章事四十二年。历任侍中、司空、司徒、太保、太尉,再知秦州、大名、永兴,五判河南府,两以太师致仕,为本朝名臣福禄之冠。

成都合江园梅

李布梦祥言:成都合江园,乃孟蜀故苑,在成都西南十五六里外,芳华楼前后植梅极多。故事,腊月赏燕其中,管界巡检营其侧,花时日以报府。至开及五分,府坐领监司来燕,游人亦竞集。有两大树,夭矫若龙,相传谓之"梅龙"。余尝闻山阴有古梅,极低矮,一枝才三四花,枝干皆苔藓。每一窠至都下,贵家争取之,又以小为贵者。梅花见重于世,盖多寡大小皆有风韵耳。

江昈俞处俊俱以诗名

江彦明,吉之永新人。喜作诗,事母极孝。母尝有疾,彦明携笔砚坐床下,进药之余,吟诗自遣,遂以诗名。尝记其《晚春》诗云:"斗草事空犹昨日,惜花心在又明年。"词意婉美如此。新淦人俞师郝与彦明相友善,俱有诗声,酬倡甚多。师郝有诗云:"叫月子规喉舌冷,宿花蝴蝶梦魂香。"尤为彦明所称赏。彦明名昈,崇、观间,吉守尝以八行荐于朝,不报。自号"昈阳居士"。师郝名处俊,登建炎龙飞乙科,不及禄而卒,人甚惜之。二人诗今多传于江西。

俞处俊重九日长短句

俞师郝尝因重九日赋长短句云："残蝉断雁，正西风萧索，夕阳流水。落木无边幽眺处，云拥登山屐齿。岁月如驰，古今同梦，惟有悲欢异。绿尊空对，故人相望千里。追念淮海当年，五云行殿，咫尺天颜喜。清晓胪传仙仗里，衣染玉龙香细。今日天涯，黄花零乱，满眼重阳泪。艰难多病，少陵无奈秋思。"词既出，邑人争歌之。或曰："词固佳，然其言太酸辛，何故？"师郝明年竟卒。其登科时在维扬，以重九日唱名，故词中及之。

山谷从弟叔豹为守严重有体

先君官零陵，山谷之从弟吏部叔豹为守，政事有体，识度甚高，遇僚属严重。先君从之逾年。一日，袖出荐章，其辞云："检身清慎，率职公勤。"时一同僚迫于代满，望公合尖，而公不与。先君愿推以授之。公曰："君之举削可推以及人，而吾之举辞不可妄以许人。"其相知如此。

丙　穴　鱼

鱼知丙穴，燕避戊方。丙穴，左太冲赋所谓"嘉鱼出于丙穴"，杜诗云"鱼知丙穴由来美"是也。赋注云："丙，地名。在汉中沔阳县北。有鱼穴二所，尝以三八日取之。"郦善长云："丙穴之鱼，不独汉中有之，柏枝山有丙穴方数丈，尝有嘉鱼。盖鱼以春末游渚，冬入穴。丙，阳方，穴口向丙，多生嘉鱼。或以为鱼以丙日出穴者，非也。鱼何能择日出入耶？"戊方，则所谓燕避戊己，鹊避太岁是也。

孔端中为政彻底清

清江孔端中，三孔之族也。绍兴间，为淳安令。邑近行都，凡邑之舟皆自托于贵要，其肯应公家之漕者，仅得一舟耳。端中集而喻之曰："凡为贵家之舟者，勿役。第贵家虑有不时之用，当谨伺之，辄以他运，则有罪。"召其一舟之肯应公家者，假以资费，俾多造舟。令于众曰："商贾往来，惟许用某人之舟。"令一下，舟人争愿听役，自是贵要护舟之挠自戢。其为政多此类。时誉翕然，都下酒家至为之语曰："酒似淳安知县彻底清。"语达上听，召见，与郡。未几而卒。尝记《南史》顾宪之为建康令，有清政，都人饮酒醇旨，辄号"顾建康"，与端中事相似。

尹商老博闻强记

尹商老博闻强记，与先君同仕湘中，以乡里故相友善。靖康之难，商老以江华令同部民兵勤王。至淮，偕谒提举曾吉甫。吉甫因出示关报，先君欲假以付吏缮录，商老耳语曰："吾已识之，不用录也。"迨至馆，索笔为书数百言，不遗一字。其登科时年甚少，复中法科。继闻以法科进者不大拜，悔之，不受省札。尝宰一二壮县，皆有能称。在新喻时，每治事，听吏民坐两庑纵观，遇疑滞讼，剖析如流，庑下之人抚掌称赞。然性狷介，寡与少合，人罕知之者，仕止于倅。商老名躬，永新人。

番阳董氏藏怀素草书千文真迹

番阳董氏藏怀素草书《千文》一卷，盖江南李主之物也。建炎己酉，董公逌从驾在维扬，适敌人至。逌尽弃所有金帛，惟袖《千文》南渡。其子弅尤极珍藏。一日，朱丞相奏事毕，上顾谓曰："闻怀素《千文》真迹在董弅处，卿可令进来。"丞相谕旨，弅遂以进。

赵君赈有古循吏风

赵君赈为吉水宰，清澹醇古，有古循吏风，百姓呼为"赵佛子"。方赣卒之扰，王师出征，往返皆道其境，供亿不周。而卒将闻其为人，无所需求而去。其母卒于官，贫无以殓，囊中之绵不能具一衣。郡守遗金十两以为归资，君赈谋之妇，妇曰："君所受金才十两，他日郡帑之籍数宁止是，君奈何冒其名？"遂却不受。后得旧俸百余千，乃归。道茶陵，为盗所邀，君赈曰："我无他物，仅有银数两以献，幸容我护丧归葬。"盗熟视之，惊曰："乃赵军使耶！"罗拜谢罪，且曰："我辈知军使名，前有他盗，恐终不免。"送之出其境。君赈往尝宰茶陵，其所至能感人如此。君赈名锡。

刘伟明南华院诗

吉水有南华院者，在山谷之穷绝处。山行可十里，院傍石溪，冬夏潺湲。溪中皆巨石，方流圆折，宛然曲水流觞之胜。石上有履痕，土人呼为"仙人迹"。院有白云堂，在最高处。刘伟明未达时，馆于山前之富家，亦尝寓书剑于此堂。有二诗曰："紫翠浮浮夺晓昏，生涯谷汲与松焚。客尘一点自应少，终日到门惟白云。"又云："野兴由来惬杖藜，层峦影里见翚飞。虚堂一炷起凝碧，化作九天云染衣。"老僧云："元题字壁间，幼尝见之。兵火之后始失去矣。"今寺僧于堂之坎建阁，榜曰"浮翠"，阁之下为堂，曰"云到"。盖摘其诗语也。

玉笥山旧多隐君子

玉笥山旧多隐君子，皆梁、宋以来避乱者也。最著者孔丘明、杜昙永、萧子云，皆当时禁从，其居今悉为宫观。山谷诗曰："郁木坑头春鸟呼，云迷帝子在时居。风流扫地无人问，惟有寒藤学草书。"即题萧子云宅也。子云善草书，其《题郁木洞》诗云："伐我万古石，纪我千载名。欲知古人处，白云中相寻。"又诗云："千载云霞一径通，暖烟迟日锁溶溶。鸟啼春昼桃花拆，独步溪头采碧茸。"山谷之诗本此。此山幽深盘曲，延袤百余里，泉石水竹之胜概固无恙，道宫虽环据，而其流反役于衣食，不能标白之，多为蓬藋瓦砾之场，亦可惜也。

王德升绝句诗

王德升名宻，新淦人。困踬场屋，遂入玉笥山依道士潘与龄，独居白云斋十余年。予闻其名久矣。因与诸子入山设醮，德升来相访，时年六十余，论诗谈理，亹亹不倦。予问："居山久，何所述?"答以止作绝句，纪玉笥之胜。因得其一编，其《磐山道中》诗曰："溅石韵寒泉，依稀言语处。回头觉无人，又上前溪去。"又《山樵》诗曰："山樵竹里居，略彴才堪渡。落日澹平畴，牛羊点寒莫。"语意萧散皆此类，非远外声利者不能也。

康伯可题慧力寺松风亭诗

康伯可予之《题慧力寺松风亭》六言云："天涯芳草尽绿，路旁柳絮争飞。啼鸟一声春晚，落花满地人归。"予尝以语王德升，德升曰："造语固佳，尚有病。如芳草、柳絮，未经点化；啼鸟一声、落花满地，几乎犯重。不如各更一字，作烟草、风絮、幽鸟、残花，则一诗无可议者。"

吴江长桥上无名子水调歌头

绍兴中，有于吴江长桥上题《水调歌头》云："平生太湖上，来往几经过。如今重到何事，愁与水云多。拟把匣中长剑，换取扁舟一叶，归去老渔蓑。银艾非吾事，丘壑谩蹉跎。　　脍新鲈，斟碧酒，起悲歌。太平生长，不谓今日识兵戈。欲卷三江雪浪，静洗胡尘千里，不用挽天河。回首望霄汉，双泪堕清波。"不题姓氏。后其词传入禁中，上命询访其人甚力。秦丞相乃请降黄榜招之，其人竟不至。或曰，隐者也，自谓"银艾非吾事"，可见其泥涂轩冕之意。秦丞相请招以黄榜，非求之，乃拒之也。

张子韶对策语

张子韶廷对时，欲写至"竖刁闻于齐而齐乱，伊戾闻于宋而宋危"等语，诸珰在殿下者来窃窥之。子韶卷卷正色谓曰："方欲言诸君，幸勿观也。"皆惭恚而退。

张子韶论刘豫

子韶又论刘豫事云："彼刘豫者何为者耶？素无勋德，殊乏声称，天下徒见其背叛君亲，委身夷狄耳！黠雏经营，有同儿戏，何足虑哉！"间牒得之，传以示豫，豫大不平。会其左右出其文，令榜于汴京通衢，召刺客欲刺子韶。或人以告，子韶未尝为之动。其事达上听，他日子韶陛对，上语之曰："刘豫榜卿廷策，谋以致害，非卿有守，岂能独立不惧乎！"褒嘉久之。

罗钦若与胡邦衡一官

罗钦若、李东尹与胡邦衡同在学舍，甚相得。他日同就试，钦若见邦衡试卷，问曰："此欲何为？"邦衡曰："觅官也。"钦若因抚邦衡背，指示卷中一讳字，谓曰："与汝一官。"邦衡改之，是榜遂中选。故邦衡有启谢钦若，具述与一官之语。胡公既为侍从，东尹亦仕至中大夫，钦若止正郎。尝谓余曰："顷在学舍，偶乏仆供庖，同舍不免自执烹饪。邦衡能操刀，东尹能和面，某无能，但然火而已。今之官职小大，已定于此。"钦若名荩恭；东尹名孝恭。

烧炼点化之术欺人

世传烧炼点化之术，有干汞、死朱砂、雌雄黄、硫黄之法，因鏖为金银，诬诞欺人者甚多，然不可谓无此术。余族祖少尝好之，挟是伎者日至，卒不能得其传。资用以此而匮，而好之未厌也。一日，遣一仆入城市水银，道遇一客，亦旧尝至其家者。呼仆来前，问其主翁之无恙，且问所携何物。对曰："市水银归也。"客开壶，拈少土投之，笑遣仆曰："为我谢主翁，水银若容易干得，无处著钱矣。"仆归以告，族祖惘然。视壶中水银，则皆凝而为银矣。自是始悟，不复留意。

卷第七

江 西 诸 曾

　　南丰之曾,曰巩、曰牟、曰宰、曰布、曰肇。章贡之曾,曰弼、曰懋、曰班、曰开、曰几。皆以伯仲取科第,致位通显。南丰之最著者:子固、子开,而子宣遂登相位。章贡之最著者:叔夏、天猷,若吉甫虽晚遇,亦终次对。此二族盖甲于江西也。泉南之曾,自丞相鲁公一传而有枢密孝宽,再传而为秘监诚,三传而为今丞相怀,又曾氏之最著者也。按《千姓篇》,曾氏望出庐陵,自孔门点、参、元、西之后,至汉才有尚书郎伟一人耳。而江西之曾,居庐陵尤多,散在诸邑若太和、若安福、若何原、若松江、若睦陂,派别枝分,不可尽纪。予家在吉,吉水自为一族。六世之祖幼孤,莫知族系之所自,独相传以为自金陵而宜春而吉水而已。江南龙君章《野史》列传,曾氏有讳崇范者,庐陵人,献书李唐,遂家金陵。李氏归朝,而其子乃以丧归。则知曾氏自金陵归庐陵,初非自金陵徙庐陵也。予家有坟墓在赣之宁都,疑与章贡之族通而自南丰来。言者以为吉、赣、抚三郡本江西之一族。亦未见谱牒,莫可推寻。然庐陵之族讳乾度者,在本朝首举进士,终于卿监,其诸族相继登科无虑数十人,视章贡、南丰终无显者。睦陂之族,如晦运乾讳彦明登宣和甲辰乙科,与诸父相弟兄,尝言:"尚书之后历及唐五六百年,曾氏无闻人,而本朝居相位、登禁从者如是,盖本朝以火德兴,曾氏以火音合。"言虽附会,未为无验也。

谯定从伊川学

　　涪陵谯定字天授,幼学释氏。伊川之贬涪也,始尽弃其学而学焉。伊川教以《中庸》诸书,多有颖悟。后伊川得归,天授送至洛中而返。靖、炎间，兵戈扰攘，天授尚无恙。一日，忽弃家隐于青城山，莫知所终。方士为余言："今或有见之山中者。"不知天授之年又几何矣！伊川尝谓道家"白日飞升"之类则无，若山林间保形炼气，以延年益寿则有之。审如是，则天授诚不死矣。

许叔微梦有客来谒

许知可尝梦有客来谒，知可延见。坐定，客问知可曰："汝平生亦知恨乎？"知可曰："我恨有三：父母之死，皆为医者所误，今不及致菽水之养，一也；自束发读书，而今年逾五十，不得一官以立门户，二也；后嗣未立，三也。"其人又曰："亦有功于人乎？"知可曰："某幼失怙恃，以乡无良医。某既长立，因刻意方书，期以活人。建炎初，真州城中疾疠大作，某不以贫贱，家至户到，察脉观色，给药付之。其间有无归者，某舆置于家，亲为疗治。似有微功，人颇相传。"其人曰："天政以此将命汝官及与汝子，若父母则不可见矣。"因复取书一通示之。知可略记其间语曰："药市收功，陈楼间阻。殿上呼卢，喝六作五。"既觉，异其事，而不知其何祥也。绍兴二年，策进士第六，升作五，乃在陈祖言、楼材之间，其年仍举子。始知梦中之言无不合。知可名叔微，真州人，有《普济本事方》，今行于世。

王 捷 烧 金 术

祥符中，汀人王捷有烧金之术，因曾绘以见刘承珪。承珪荐之王冀公，遂得召见。时人谓之"王烧金"。捷能使人随所思想，一一有见，人故惑之。大抵皆南法，以野狐涎与人食而如此。其法：以肉置小口罂中，埋之野外，狐见而欲食，喙不得入，馋涎流堕罂内，渍入肉中。乃取其肉，曝为脯末，而置人饮食间。又闻以狐涎和水颒面，即照见头目变为异形。今江乡吃菜事魔者多有此术。尝有一人往从之，以水令颒面，其人但颒其半，颒处变为异，未颒处乃如初，因知水中有异也。

刘锜大败金师

绍兴九年，金人归河南之地，欲讲和罢兵，朝廷许之。明年春，蓝公佐使金回，和议颇变。朝廷遂命骑帅刘锜信叔为东京副留守，节制军马。锜至顺昌，方与郡守陈规相见，忽报金师入寇，已抵泰和县，警书还至。锜会诸将议曰："吾军方自远来，曾未苏息，而敌人压境，策将安出？"诸将或欲迎战，或欲固守，或欲顺流而下。锜伏兵于城下以待，有余骑渡颍河而来，伏兵起袭之，无一还者。翌日，敌将韩、翟两将军兵至，去城三十余里而寨。锜夜遣人袭击，明旦复与战，败之，杀伤千余人。敌复增兵来援，直逼城下，锜于城上以破敌弓射中敌将，敌稍退。乃以步兵邀击，复大败之。敌归寨固守。锜复出精骑五百夜劫敌寨，乘胜直至中军，杀其酋长，死者不可胜数。敌自此一夕尝四五惊。时方六月盛暑，皆被甲不敢下马。得间谍，谓求援于兀术甚急。或劝锜曰："今已屡胜，不如全师而归。"锜不听。兀术果自将兵至，遣数骑直来索战，谓城上人曰："你只活得一个日头。"战既合，兀术自将牙兵三千往来策应。锜出军五千接战，自西而南，转战四门，往来驰逐，自辰至戌，金师大败退走，归寨不出，声言造炮架桥必欲破城。越三日，兀术乃引军北归。获降人言，其军中自谓："南侵十五年未尝少衄，惟和尚原以失地利败于吴玠，今又数败于此。他朝莫是外国借得兵来？"自后遂决意求和矣。

岳飞破固石洞

岳公飞之破固石洞也，贼寨据山之巅，悬崖百仞，登者跻攀而上，不胜其劳。官军每登山，贼辄凭高据险，投刃转石，士卒皆重伤而却。公既至，直入洞中，与贼寨相对而营。贼畏公威名，坚守不复下山。公一日令曰："来日当破贼。"军中不知所谓。明日凌晨，令诸军阵于山下，与贼寨相距甚近。既成列，公临后登高以望之。贼在上，见官军逼近，亦整顿以待战。其酋长乃一女子，号廖小姑，持刃叫呼曰：

"今日官军要破我寨,除是飞来。"公闻其言,顾左右曰:"飞即我也。"击鼓进师,鼓声方合,有众先登。公望其旗曰:"此前军第三队也,当作奇功。"诸军竞进,遂破贼寨,生擒其酋以归。

岳飞治军严明

绍兴六帅,皆果毅忠勇,视古名将。岳公飞独后出,而一时名声几冠诸公。身死之日,武昌之屯至十万九百人,皆一可以当百。余尝访其士卒,以为勤惰必分,功过有别,故能得人心。异时尝见其提兵征赣之固石洞,军行之地,秋毫无扰,至今父老语其名辄感泣焉。盖其每驻军,必自从十数骑,周遭巡历,惟恐有一不如纪律者。时裨将杨贵怒一卒擅离队伍,遂脔而尸之。卒尚未死,飞见之,问其故,以为不应死。顾左右求其生,不可,则绝之,而解衣以殓焉。召贵诘曰:"擅离队伍罪未至是,汝当以死偿之。"贵皇惧不敢对,诸将罗拜祈免,乃已。犹以豫章境上有逋逃者,责使招降焉,不然复其罪。贵后能致其人者,始获免。

先君与洪尚书光弼友善

方腊之变,经制使陈公亨伯馆先君于幕府。时洪尚书光弼以南京国子博士被檄主饷事,因与定交。先君与尚书同年同月生,故极友善。寇平论功,先君补初官,尚书迁京秩。后更兵戈,音问寝疏。先君既勤王而归,即扫轨朝市。尚书亦以使事见执于绝域者累年而后归,卒莫能申叙。先君每切恨叹。

方腊作乱始末

方腊家有漆林之饶,时苏、杭置造作局,岁下州县征漆千万斤,官吏科率无艺。腊又为里胥,县令不许其雇募,腊数被困辱,因不胜其愤,聚众作乱。先诱杀县令,兵吏无与抗者,遂陷睦州。江浙亡命相率从之，众至数十万。是时，天下晏安久，州县士卒皆不习于兵，望风奔溃。腊声势益张，复陷婺、歙等州，乃入钱唐，观灯饮犒连日，因遣人发掘蔡氏父祖坟墓，露其骸骨，加以唾骂。王师既至，相拒累月，不能少挫其锋。后腊以食少人众，势稍窘促，遂独从千余人入剡溪洞，死拒不出。童贯不能谁何，乃命部将伪为朝廷招降者，诱之以官。既出，则絷之。父子皆槛送京师，戮死于市，余党遂平。初，腊之入杭也，有太学生吕将者为之画策，以为不如直据金陵，因传檄尽下东南郡县，收其税赋，先立根本，徐议攻取之计，可以为百世之业；若止于屠略城邑，是乃盗尔。腊不以为然，曰："吾家本中产，无他意，第州县征敛无度，故起兵，愿得贼臣而甘心耳。"先君尝谓：天下无叛民，其或至于此者，必有所不得已也。

童贯讨方腊纵军士杀平民

童贯之讨方腊也，尽檄东南诸路兵，凡数十万，贯独总之。既累月无功，朝廷颇加督责，贯惧，无以为计，乃出令："与贼战而不能生获者，许斩首以献，亦议推赏。辄欺者，抵罪。"诸军自后每出战或夜劫贼寨，凡力所能加者，皆杀之，以其首来，贯即授赏，不问其是贼与否也。军士因大为欺罔，偶出遇往来人，亦皆杀之，因告其主将曰："道逢贼众，因与斗敌，遂斩其首。"主将纵知其非，亦不敢言。陈公亨伯尝见贯，谓曰："闻诸军每战多杀平民，要须禁止。且治盗与治夷狄不同，彼夷狄状貌与中国大异，故可以级论功。今平民与盗初无别，军士利于得赏，何惮而不杀平民乎？"贯不听。既而腊招降，余党溃散，军士追奔或入民居，全家杀之，以其首献。贯欲张大其功，亦不问也。

靖康初先君率兵勤王

靖康改元冬十一月，金人渡河。朝廷下诏：应天下方镇郡县各率师募众勤王捍边。湖南帅郭公三益独起民兵，命县宰各统所部，犒劳甚厚。时先君为永州东安簿，零陵令、丞不任事，郡守、贰以先君易之。会有是举，守以属先君。或劝曰："邑固有令，君独何为？"先君挥之曰："此岂臣子辞难之时！"即日治兵以行。部署整肃，一路莫能及。既至淮甸，闻京城失守，蔡、亳有叛卒肆剽于道路，兵至是多引归。先君独与二三公勒兵趋南京。时光尧未即尊位，留守乃朱丞相胜非。其时官吏多逃散，朝班无几，共表劝进，乃筑坛于州治仪门外东南隅。上登坛受宝，北向痛哭，班立者无不感泣。越日，乃命勤王师罢归，官吏各推赏有差。先君谓是行也，勤劳有之，功效则无，岂忍受赏。既以兵归零陵，尚余犒赏银千两，悉上送官。自举兵至讫事，文移数箧，崎岖兵火，毁失殆尽，仅存印历。至勤王事，止见之差出条耳。

刘宁止与先君游处

衣冠南渡，刘发运宁止来自真州治所。舟行至新淦，适遇金骑，一时行舟，皆为所焚，发运仅以身脱。顾无所归，问之乡之长者，得外大父刘公仪仲，徒步归之。外大父因授馆，且为收其散亡，得一婢子、衣囊三四、吏卒十数。舟焚余其底，尚得钱数百千。时方俶扰，虽山谷间一日亦四五惊，卒有长吁于外者。刘闻之，诘曰："天步方艰，吾身不敢自爱，尔曹乃嗟怨耶！"立命斩之。先君时留外氏，因与游处。先君少为治乱之学，当崇、观间，以策干当路，辄不受。逮浙江盗作，诸公方思硕画，由是勉出为世用，而志已倦游矣。刘一见先君，以为伟人，语及零陵勤王始末，叹曰："世不无义士，顾勇于义如君者，人所未知耳！"邀与俱趋章贡隆祐在所。先君辞以久出远归，不忍复去亲旁。临分，谓先君曰："观君不乐仕进，殆将隐矣，后会无期！"因以驼裘识别而去。先君既不复出，而刘后为吏部侍郎，不久亦罢，卒不复相闻。

太　原　之　陷

张孝纯守太原，敌人攻城甚力，孝纯遣蜡丸求救者凡十有八。朝廷初遣种师中往援，师中兵败于榆次。复欲命李公伯纪为宣抚，帅师救之，伯纪辞以不知兵，朝廷不许。御史陈过庭率其属陈公辅等言曰："李纲儒者，不习军旅，若师出再衄，则太原失守，遗忧近甸，祸实不测，非计之善也。"疏亦不报。既而解潜等果失利，孝纯以粮尽城陷。敌人长驱而来，无复后顾矣。

胡文定得伊洛之传

胡文定公廷试，考官初欲以魁多士，继以其引经皆古义，不用王氏说，降为第三人。为荆南教官，与杨龟山中立交承，遂相与讲学。及为提学官，与谢上蔡显道从游亦厚。崇、观间尝为太学官，虽当时禁习元祐学术，而公独留意《正蒙》诸书，与杨、谢诸公通问不绝。故绍兴以来，论伊洛之学者，胡氏为得其传。而公尝自言谢、游、杨三公皆义兼师友，实尊信之。公名安国，字康侯。有《春秋解》、《武夷集》行于世。

刘美中死而复苏

刘尚书美中，兄弟终鲜，父大中极怜之。大观初，贡于乡，将赴南宫试，大中令一老仆从行。至中涂，尚书一夕忽暴病而死。仆惊救甚至，越半日，未苏。逆旅主人皆劝之具棺敛，仆曰："我主翁子五六人，死亡殆尽，今惟此尔。若又死，则是无天地也。且我何面归见主翁！"于是以席藉地，置尚书于上，坐于其旁曰："若是三日而不活，则诚死矣。"越再夕，尚书手足复动，医救数日疾平。遂入京师，次年中进士第。

卷第八

神宗赐欧阳手诏

欧阳在政府日,台官以闺阃诬讪之,公上章力乞辨明。神宗手诏赐公曰:"春寒,安否? 前事朕已累次亲批出,诘问因依从来,要卿知。"又诏曰:"春暖久不相见,安否? 数日来,以言者污卿以大恶,朕晓夕在怀,未尝舒释。故累次批出,再三诘问其从来事状,讫无以报。前日见卿文字,要辨明,遂自引过。今日已令降出,仍出榜朝堂,使中外知其虚妄。事理既明,人疑亦塞,卿直起视事如初,毋恤前言。"又涂去"塞"字,改作"释"字。宸翰今藏公家。

董敦逸训子

董侍郎敦逸仕于朝,招一乡人在太学者训其诸子。暇日课其习业,不加进,侍郎责之曰:"吾年二十八入学,甘藜盐者凡几载,仅得一第。今汝若此,何以有成耶!"乡人曰:"公言过矣。侍郎乃董十郎儿;贤郎乃董侍郎儿,其好学之心,自不侔矣!"侍郎之父行第十,其人故云。

杨邦乂死义

建炎三年,伪四太子入金陵,府官相率迎降,独通判庐陵杨公邦乂毅然不屈。先自书其衣裾曰"宁为赵氏鬼,不作他邦臣"以授其仆,曰:"吾即死矣。"敌居数日,其酋帅有张太师者,置酒召公立庭下,以纸书"死"、"活"二字使示公,曰:"无多言,欲不降,书'死'字下;若归于我,书'活'字下。"公视吏有傍簪笔者,即夺笔书"死"字下。敌知其不可屈,命引去。又数日,囚公以见四太子。公大骂不绝口,敌怒甚,杀之,剖其腹,取其心。明年,敌去,州白其事于朝,褒录死节,初赠直秘阁,继又赠次对,谥"忠襄"。赐官田,官其诸子,令立庙于金陵。赠告云:"懦夫每生,名不称于没世;烈士砥节,死有重于泰山。汝禀性刚方,值时艰厄,介胄之士望风而速奔,城郭之臣蒙耻以求活。独汝能明事君之义,抗死节之忠。誓不屈于番酋,宁自甘于血刃。口不绝骂,言不忍闻。绰有张御史之风,无愧颜常山之节。肆颁恩典,庸慰忠魂,粲然阁直之华,昭哉庙食之远。并推宠秩,以及遗孤,非止往居之荣,实是臣工之劝。尚祈不昧,知享此哉!"

欧阳珣主战使金不还

欧阳全美名珣,庐陵人,登崇宁进士第。靖康初,全美调官京师,时金人欲求三镇,全美行次关山,以乐府寄其内曰:"雁字成行,角声悲送,无端又作长安梦。青衫小帽这回来,安仁两鬓秋霜重。　　孤馆灯残,小楼钟动,马蹄踏破前村冻。平生牵系为浮名,名垂万古知何用。"全美至京,有诏许上封事论御戎之策。全美应诏陈利害,时有九人同召对,全美奏曰:"割地敌亦来,不割亦来,特迟速有间。今日之策,惟有战耳。"时宰执有主弃地之议者,不悦,即除将作监丞,使金,竟不复还。朝廷录其节,而官其婿,乃从兄叔谦也。

洪尚书遣人以蜡丸致皇太后书

叔谦为余言,绍兴十一年夏客临安,一日,有客垢衣破筴若远至者来同邸。即一室闭之,遽诣尚书省,自言明日召见。已而,命之官。后询其人姓李名微,邵武人。是时尚书洪公留绝域,得皇太后书,遂遣微以蜡丸致之。上得书大喜,谓侍臣曰:"朕不得皇太后安问且十五年,虽遣使百辈,不如此一书。"遂命微以官。尚书公以使命见执于金,其间遭罹危辱者屡矣,而能仗汉节誓死不变,间关万里,遣致皇太后书,以宽天子孝思,可不为忠乎!

李若水天生忠义神已预知

李忠愍公若水为大名府元城县尉日，有村民持书一封。公得书读竟，即火之。诘其人何所从来，对曰："夜梦金甲将军告某曰：'汝来日往县西逢著铁冠道士，索取关大王书，下与李县尉。'既而如梦中所见，故不敢隐。"公以其事涉诡怪，遂纵其人弗治。因作绝句记之曰："金甲将军传好梦，铁冠道士寄新书。我与云长隔异代，翻疑此事太空虚。"公初以书付火之时，母妻子弟惊讶求观弗获，独见其末曰"靖康祸有端，公卒践之"之语。其后二圣北狩，公抗节金营，将死而口不绝骂。则知天生忠义，为神物者已预知其先矣。

马扩使金脱归被疑

国家初与金人结好，遣马政自登州泛海而往。归，朝廷复选其子扩为使。宣和末，金人败盟，举兵入寇，扩尚以使事留金。后得脱归，未至太原，而敌骑已长驱南下矣。扩乃舍使事，说童贯，愿招集忠勇以遏贼锋，贯许之。扩过真定，时刘公韐为帅，公以扩屡使于金，知金之情伪，心颇疑之，遂留不遣。一日，扩潜遣一卒之保州，为逻者所获，刘公益疑而未有所处也。公之子子羽谓公曰："马扩首尾计议边事，不以虚实告朝廷，遂使戎马深入，震惊京师。且复潜遣兵士，焉保心腹？不若声其罪而诛之，庶绝后患。"公以为然。遂召扩立于庭下，责其误国，令拽出斩之。扩叫呼不服，乃以付狱推治。未几，刘公召还，金人陷真定，扩得免死。

童贯拒契丹求和失策

契丹为金人攻击，穷蹙无计。萧后遣其臣韩昉来见童贯、蔡攸于军中，愿除岁币，复结和亲。且言："女真本远小部落，贪婪无厌，蚕食种类五六十国。今若大辽不存，则必为南朝忧。唇亡齿寒，不可不虑。"贯与攸叱出之，昉大言于庭曰："辽宋结好百年，誓书具存，汝能欺国，独能欺天耶！"昉去，贯亦不以闻于朝。辽既亡，金人果背约。

种师道以计解京师围

靖康初，召种师道赴京师。才入国门，即日引见上殿，渊圣起迎之曰："朕久望卿来，何其迟也，涂中跋涉不易。"师道谢毕，上赐坐，问曰："国步多艰，敌人深入，卿何以御之？"师道曰："兵事难预料，容臣登城观敌势如何，却得奏闻。但敌若在三十里外顿寨，则难退。如逼近，则易耳。"明日，敌移军三十里外。师道因得于城上修饬备御之具。敌屡进攻，皆却，遂结盟解围而去。师道其初所言，盖知有间谍，乃欲误之尔，敌人果中其计。但禁庭密议，不知何从知也？

朝廷不用种师道计

朝廷之召种师道也，使者促之，项背相望。师道老矣，或劝之弗行。师道谓其子曰："朝廷近来议论不一，吾纵有谋画，未必得用。然世受国恩，今而辞难，天地且不容我矣。"遂随诏使日夜疾驰至阙下，画策以退敌，人赖少安。金兵北还，师道请邀击之，李邦彦等不许。师道谓何㮚曰："敌深入吾地，止邀金帛而还，彼非惟惧春深死伤士马，盖虑三镇之议其后也。吾观敌衅未已，今既不用吾计，吾不复言。然切料敌必再来，要当先为之备也。"朝廷不听。其冬，金人果再犯京师。

结索网以拒炮

京师戒严，金人发炮攻城甚力，有献策欲结索网以障之。其人归自太原围城中，具见张孝纯、王禀等设此而炮无所施。朝廷反以为迂，不肯试一为之。盖不知吴越将孙琰守苏州城，尝用此拒炮，而淮南不能攻，时号为"孙百计"也。

蔡京请直以御笔付有司

崇宁四年，中书奉行御笔。时蔡京欲行其私，意恐三省台谏多有驳难，故请直以御笔付有司；其或阻格，则以违制罪之。自是中外事无大小，惟其意之所欲，不复敢有异议者。祖宗以来，凡军国大事，三省、枢密院议定，面奏画旨。差除官吏，宰相以熟状进入，画可，始下中书造命，门下审读。或有未当，中书则舍人封缴之，门下则给事封驳之，尚书方得奉行。犹恐未惬舆议，则又许侍从论思，台谏奏劾。自御笔既行，三省台谏官无所举职，但摘纸尾书姓名而已。大观中，吴执中子权为御史，上言乞遵祖宗成宪，不许直牒差官，及论轻赐予以蠹邦用，捐爵禄以市私恩等事。蔡京以少保致仕，何给事昌言封驳麻制，乞以罪状宣布四方。时人以为盛事。

何忠孺晚节有亏

何忠孺昌言，新淦人。绍圣四年进士第一，徽宗朝累迁为给事中。张商英罢，蔡京复用，遂以散官出，居闲十有余年，物论归之。渊圣即位，复召用，除兵部侍郎、太子詹事。未几，金人再犯京师，二圣北狩，太子诸王、宰职侍从皆从，而昌言逃匿太子宫沟中，偶得不行。张邦昌僭号，因更其名。及隆祐垂帘，始欲复旧，而人言已不可掩，患愤成疾而死。

李大有调赣卒勤王

李仲谦大有，新喻人。靖康初，为赣守。京城戒严，即调赣卒勤王。诸郡以承平之久，士卒惜不知兵。及当调发，间有冠葛巾扶杖而行者，观者莫不窃笑。惟赣卒独勇锐，器械亦精明。仲谦号令整肃，师行秋毫无犯。人谓仲谦既知兵，而赣卒亦间习纪律，度必可用。及至京师，亦无及矣。仲谦绍兴初尝立朝，即上书言兵事，以为用兵当有机有权,明于此而后可以决胜。光尧皇帝览之大喜,即降付中书。时赵元镇丞相当国,一日,奏事毕,上谓丞相曰:"李大有书涉兵机,故不欲付外看详。昔张齐贤上取河东之策,太祖裂其奏,掷之于地。及左右既退,乃取其奏归,以授太宗曰:'他日取河东,当用齐贤策。'太宗后平河东,用齐贤为相。二祖沉几先物,朕当以为法。"观圣语如此,则将大用之矣。未几而殁,终于检正。

胡铨上书请羁留金使被谪

绍兴戊午冬,奉使王伦与金使来和,欲天子受伪诏。国论未定,朝士无敢言者。胡邦衡铨时为枢密院编修官,上书请羁留金使,斩主议者之首,以谢天下。语大愤直,上怒其讦,将褫官窜昭州。时御史中丞郑刚中,谏议大夫李谊,吏部尚书晏敦复,户部侍郎李弥逊、向子諲,礼部侍郎曾开、张九成,入对便坐,引救甚力。时丞相秦桧、参政孙近亦迫于公论,请从台谏侍从议,谪广州监盐仓。御史再以为言,乃以为福州签判云。

胡铨贬新州王民瞻以诗送之

胡邦衡自福唐贬新州,王民瞻以诗送之,有曰:"百辟动容观奏牍,几人回首愧朝班。"又曰:"痴儿不了公家事,男子要为天下奇。"民瞻,安福人,名庭珪。登科尝为茶陵县丞,累年不调,居乡里以诗名家。二诗既传,或以为讪,由是亦坐谪辰州。邦衡在新州,偶有"万古嗟无尽,千生笑有穷"之句,新守亦讦其诗,云"无尽"指宰相,盖张天觉自号"无尽居士";"有穷"则古所谓"有穷后羿"也。于是再迁儋耳。其后,邦衡还朝,尝以诗人荐民瞻,凡再召见。初除国子监簿,后除直敷文阁,终于家。

明道叹赏禅家合众整肃有条理

禅家合众而不哗，无怒而有制。执事者不辞其劳，居安者不愧其逸。入其门，升其堂，整整截截，动有条理。明道先生尝见其会食，因叹以为得三代之礼乐。吾人族姻并居同室，未必如其众多，而不能若是之整肃者，往往女子童稚实始之。此禅家所以至于屏妻绝子也。

王延知贡举人以为公

卢文纪与崔协不平，协子举进士，文纪谓知贡举王延曰："吾尝誉子于朝，今子历士，当求实效，无取虚名。昔越人善泅，其子方晬，其母浮之水上。人怪之，对曰：'其父善泅，其子必能之。'若是可乎？"延退而笑曰："卢公之言，谓崔协也，恨其父遂及其子也。"明年，选协子颙甲科，人以为公举。异时公卿有以子孙魁天下者，其父祖盖自谓善泅者也。使延为主司，吾知其与选颙者反矣。

郑昺赋登瀛图长句

予尝传《登瀛图》本，规模布置气象旷雅，每思创始者必非俗笔。又有石本，皆书名氏，后有李丞相伯纪赞跋，乃钦庙在东宫，得阎立本此画，亲为题识，以赐詹事李诗。二本绝不同。尝见郑昺尚明所赋长句云："阎公《十八学士图》，当时妙笔分锱铢。惜哉名姓不题别，但可以意推形模。十二匹马一匹驴，五士无马应直庐。五鞍施狨乃禁从，长孙房杜王魏徒。一人醉起小史扶，一人欠伸若挽弧。一人观鹅凭栏立，一人运笔无乃虞。树下乐工鸣瑟竽，八士环列按四隅。笑谈散漫若饮彻，盘盂杯勺一物无。坐中题笔清而癯，似是率更闲论书。其中一著道士服，又一道士倚枯株。三人傍树各相语，一人系带行徐徐。后有一人丰而胡，独吟芭蕉立踟蹰。一时登瀛客若是，贞观治效真不诬。书林我曾昔曳裾，三局腕脱几百儒。雄文大笔亦何有，餐钱但日麋公厨。邦家治乱一无补,正论出口遭非辜。时危玉石一焚扫,览画思古为嗟吁。"考其所序列,意郑必为画本赋之。然长孙、王、魏元不在其中,不知郑诗何为及之耶?按《翰林盛事》,记开元中张燕公等十八人为集贤学士,于东都含象亭图写其貌。意二本必居其一,而后人皆以为贞观学士耳。

万道人制陶砚

今人制陶砚,惟武昌万道人所制以为极精,余初未信也。庐陵有刘生者,自言传万之法,然最佳者,不能十年辄败,至有三五年遂刓泐不可用者。余顷因歉岁,有野人持一"风"字样求售。易以斗米,涤濯视之,亦陶砚也。其底有"万"字篆文,意其为万所制。用之今余三十年,受墨如初,虽高要、歙溪之佳石,不是过也。闻武昌今尚有制者,乃万之后。

胡卓明幼即善弈

里中士人胡卓明父祖好棋,挟此艺者日至。其母夜卧忽惊起,问其故,云:"梦吞一枯棋也。"初意日所尝见,是以形于梦寐。已而生卓明,年至七八岁,厥祖与客对弈而败,卓明忽从旁指曰:"公公误此一着耳!"其祖败而不平,怒谓曰:"小子何知!"推局付之,卓明布数着,果胜。厥祖大惊,因与对棋。其布置初若无法度,既合,则皆是。数日间,遽能与厥祖为敌。迨十余岁,遂以棋名,四方之挟艺者才争先耳。往岁,有客以棋求见朋友,因共招卓明与较之,卓明连胜,客曰:"胡秀才野战自得,而某以教习不离规模,是以不胜。"

学书当先学偏旁

凡学书,当先学偏旁。上下左右与其近似者,皆不相远。熟一偏旁,则数十字易作矣。凡作字,宜和墨调笔,使毫墨相受,燥润适宜。

厚墨则藏锋,纸平、身正、腕定、指固,则结字有准矣。

王元甫隐居不与士大夫相接

庐山王元甫有诗名,隐居山中,不与士大夫相接。东坡自岭南归,过九江,因道士胡洞微欲求见之。元甫辞曰:"吾不见士大夫五十年矣,不用复从宾赞,幸为我谢之。"东坡叹赏而退。

刘美中记梦诗

刘尚书美中尝夜梦与一方士谈禅,往复辩论宗乘中事甚详。美中因问之曰:"仙家亦谈佛耶?"方士曰:"仙佛虽二,理岂有二哉?"美中既寤,颇异其事,遂纪之以诗云:"北风吹云肃天宇,蕙帐寒生月当户。颓然就枕睡思浓,梦魂悠悠迷处所。仙君胜士肯见临,促席从容款陪语。自言本事清灵君,学佛求仙两无阻。云轺白日降瑶空,天衣飘飘就轻举。方诸宫深云海阔,金碧禅房隔烟雨。与君粗有香火缘,聊复东来相劳苦。方游昆、阆还无期,君住世间须善为。尘劳足厌何足厌,等是实相夫何疑? 前身似是尘外人,端为世缘縻此身。重闻妙语发深省,若更离尘佛亦尘。方平羽节何时来? 道宫佛殿随尘埃。未须苦说扬尘事,东海波声正似雷。"美中以为诗中皆纪其问答之语,故尽录之。

董厐自卜地为寿藏

董体仁之祖名厐,生前尝自卜地以为寿藏,既死而其子易之。将葬,扶护适过其地,柩忽重不可举,子始惊异,因欲就葬。掘地丈余,忽遇大石,其上有"厐"字,乃其名也。人益信其不偶。

卷第九

吕丞相颐怒命堂吏去巾帻

建炎末,吕丞相颐浩以勤王复辟之功,进登相位。尝在中书怒一堂吏,命去其巾帻。吏对:"祖宗以来,宰相无去堂吏巾帻法。"公曰:"去堂吏巾帻当自我始。"吏不能对。

张魏公兴兵讨苗刘

苗刘之变,张魏公自平江兴兵讨贼,二人惧甚。朱丞相胜非因说之曰:"兵至则不必战,战而不胜则汝危矣。不若先次复辟以赎罪。"故魏公兵及境而复辟。初,魏公之起兵也,先遣士人冯辖入奏,因以好词谕二人,欲款其谋。辖与二人之幕客马柔吉相善,因令宿于柔吉之所以觇军情。辖至而事略定,胜非因奏补辖京官,除郎中。其后乃谓人曰:"辖,蜀人,德远遣之来,不过欲成就之耳!"似未知魏公之意也。

绍兴讲解既成政局一变

绍兴讲解既成,上自执政大臣,下至台谏侍从,以为非是者,稍稍引去。于是登显位、据要途者皆阿附时宰以为悦。外之监司郡守,或倾陷正人以希进,流人逐客之落南者,其迹益危。潮守则劾奏赵丞相;湖南帅则阴中张魏公;儋耳则睥睨李大参;春陵则诬治王枢密,其他纷纷者,不可胜数。

蔡元长之侈

蔡元长为相日,置讲议司,官吏数百人,俸给优异,费用不资。一日,集僚属会议,因留饮,命作蟹黄馒头。饮罢,吏略计其费,馒头一味为钱一千三百余缗。又尝有客集其家,酒酣,京顾库吏曰:"取江西官员所送咸豉来!"吏以十瓶进,客分食之,乃黄雀脏也。元长问:"尚有几何?"吏对以:"犹余八十有奇。"

童 贯 之 败

龙德宫出幸,童贯自太原窜归。时廷议欲请渊圣亲征,命贯留守。贯闻之,心不自安,乃将胜捷军三千余人,追从龙德之驾。继而朝廷论贯不告而逃,及首祸罪恶,请诛之。而贯在外领兵,以扈从为名,恐复生事,遂诏聂山为江淮发运使,密图其事。山既陛辞,将出国门,左丞李纲言于上曰:"贯之罪恶虽已著明,然今在上皇左右,投鼠不可不忌器。若欲诛斥,明出一诏书足矣,何用诡秘如此!"上深然之,遂贬贯池阳,继有岭南之命。

范宗尹廷对讦直执政后物望渐衰

范公宗尹廷对,讦直人所难言,绍兴以来,鄙夫贱隶犹能诵之。渊圣在东宫时知其名,及即位,遂以兵部侍郎召。宗尹既立朝,首论崇宁以来上下欺罔;复论蔡京、童贯、朱勔等罪恶,物望太耸。及金人犯阙,耿南仲主和议,宗尹力附其说。时廷臣有进言金不可和者,宗尹在殿上厉声叱曰:"朝廷大论已定,小臣不敢有异论!"议者始非之。建炎中,宗尹以盛年执政,裂江北之地,或五七郡或三四郡,使数大将镇抚之。又于沿江易置帅藩,创立安抚大使,但约每帅相去七百里,不问形势如何。虽池州僻陋小邦,亦置江东大帅。其后李成以蕲、黄、舒、光四州叛,乃镇抚之人也。

汉长沙王墓考

余居之西背驿道，有地曰"金牛驿"，意古之邮亭也。驿旁有长沙王墓，远望如丘阜，故老相传曰："此汉长沙王墓也。"长沙王在汉固多，特未知其为谁。余游赣，闻有金精山者，始因吴芮将兵征南越尉陀，闻此山有美玉，凿石求之，遂通山路。或者吴芮尝至江西，而史不及也，此墓恐芮军所营尔。建炎叛卒尝发之，屭地寻丈，见石椁，皆锢以铁，卒不能启。其下有饮酒湖，地洼以深，可坐百人，俗传为奠酹成池。若非军旅中，恐不能如是也。

北　苑　茶

北苑产茶，有四十六所，广袤三十余里，分内外园。江南李氏初置使，本朝丁晋公行漕事，始制龙凤团以进，然岁不过四十饼。庆历中，蔡端明为漕，复有增益。元丰中，神宗有旨造密云龙，其品又高于小龙团。今岁贡三等，十有二纲，四万九千余铐。

灌　瓦

赣之雩都尉厅后，旧有灌婴庙临其池上。庙毁，往往瓴甓堕池中，岁年不可计矣。因刀镊工取半瓦为砺石，人见而异之，遂求其瓦为砚，于是有灌瓦之名。求者既多，今罕得全瓦。好事者以铜雀瓦不复有，亦谩蓄之。

南粤俗尚蛊毒诅咒

南粤俗尚蛊毒诅咒，可以杀人，亦可以救人。以之杀人而不中者，或至自毙。往有客游南中，暑行憩林下，见一青蛇长二尺许，戏以杖击之，蛇即逝去。客旋觉体中不佳。夜宿于逆旅，主人怪问曰："君何从有毒气在面也?"客惘然不能对。主人曰:"试语今日所见。"客告之故,主人曰:"是所谓报冤蛇,人有触之,不远百里袭迹而至,必噬人之心乃已,此蛇今夕当至。"客惧求救,主人许诺,即出龛中所供一竹筒,祝之以授客曰:"不必省,第置枕旁,通夕张灯,尸寝以俟,闻声即启之。"客如戒。夜分,有声在屋瓦间,俄有物堕几上,筒中亦窣窣响应。举之,乃蜈蚣,长尺许,盘跚而出,绕客之身三匝,径至几上。有顷,复归筒中。客即觉体力醒然。逮旦视之,则前所见蛇毙焉。客始信主人之不妄,重谢而去。又一客亦以暮夜投宿,舍翁与其子睥睨客所携。客疑之,乃物色翁所为,觇见其父子出猕猴绘像祷之甚谨,乃戒仆终夕不寐,仗剑以伺。已乃有推户而入者,即一猕猴,人身而长。挥剑逐之,逡巡失去。有顷,闻哭声,则舍翁之子死矣。

陈忠肃梦中得六言绝句

陈忠肃公居南康日,一夕忽梦中得六言绝句云:"静坐一川烟雨,未辨雷音起处。夜深风作轻寒,清晓月明归去。"既觉,语其子弟,且令记之。次年徙居山阳,见历日于壁间,忽点头曰:"此其时矣。"以笔点清明日曰:"是日佳也。"人莫知何谓,乃以其年清明日卒。

刘宽夫终身不复职名

刘宽夫侗,丞相沆之孙也。崇、观中为次对,靖、炎间废罢。尝得旨叙复秘阁修撰,臣僚论列,以为其所历差遣,则为大晟府按协声律,及提举道箓院管干文字;其所转官,则缘按乐精熟,乃修道箓院与管干明节皇后园陵;其所赐带,则因撰《祥应记》;其所被谴,则以臣僚论其交结附会。宽夫由是终身不复职名。

宣和甲辰廷试进士

宣和甲辰,廷试进士,以气数为问。周表卿执羔素通此学,对策极该博,自谓当魁多士。或告之:沈元用从貂珰假筹布算而后答问。表卿惊曰:"果尔,吾当小逊之矣。然亦不在他人下也。"翌日胪唱,元用居第一,表卿次之。

泗州浮屠下僧伽像

泗州浮屠下有僧伽像。徽宗时,改僧为德士,僧皆顶冠。泗州太守亦令以冠加于像上,忽天地晦冥,风雨骤至,冠裂为两,飞坠于门外。举城惊怖,莫知所为。守遽诣拜曰:"僧伽有神,吾不敢强。"遂止。

徽宗时置隆兑等州

徽宗时边事大兴,程邻于西广置隆、兑二州,又置大观州,湖北又置靖州。建官分职与内地等,费不可胜计。靖州初无赋入,岁于湖广拨钱七八万,以养官兵,有损无益。绍兴中,朱子发内翰尝奏欲废为一县,以御边徼。上颇许之,且曰:"前朝开拓土疆,似此等处尤为无益,首议之臣深为可罪。"既而事亦寝而不行。乡人李秀实尝守是郡,为余言:州虽无益于朝廷,然屯驻重兵,非假之事权则不足以镇抚。倘并归辰、沅一州而置军使,则亦足矣。

维扬后土庙琼花

维扬后土庙有花洁白而香,号为"琼花"。宣和间,起花石纲,因取至御苑。逾年不花,乃杖之,遣还其地,花开如故。是殆风气土地使然,抑果有神司之耶?

东安一士人画鼠

东安一士人善画,作鼠一轴,献之邑令。令初不知爱,漫悬于壁旦而过之，轴必坠地，屡悬屡坠，令怪之。黎明物色，轴在地而猫蹲其旁，逮举轴，则踉跄逐之。以试群猫，莫不然者。于是始知其画为逼真。其作《八景图》亦殊有幽致，如《洞庭秋月》则不见月；《江天莫雪》则不见雪，第状其清朗苦寒之态耳。若《潇湘夜雨》尤难形容，常画者至作行人张盖以别之。渠但作渔舟吹火于津渡，以火明仿佛有见，则危亭在岸，连樯在步耳。潇湘旧有故人亭，往来舣舟其下，故藉此以见也。米元章谓《八景图》为宋迪得意之笔，意其如此。

吉水玄潭观前江中旋涡

吉水玄潭观临大江上，江中有旋涡。相传云：有舟没于此，久而不见踪迹，乃出于豫章吴城山下，以为江有别道，由旋涡而入。晋时有蛟为害，尝出没涡中，许旌阳捕逐至其处。旁有巨石，裂而为二，其痕如削，云是旌阳试剑石。且云：旌阳铸铁作盖覆涡上，今水泛时其涡乃见。

大观四年伪诏

大观四年，张天觉商英为相，蔡元长致仕。时忽有伪诏传布天下，其间谓元长公行狡诈，行迹诡谲。复云："今后州县有蔡京踪迹，尽皆削除；有蔡京朋党，悉皆贬削。"陈州守臣以闻，朝廷诏诸路以五百千为赏，捕撰造者，其罪不以赦原。竟不能获。

张怀素等谋反事觉蔡京幸免牵连

张怀素、吴储、吴侔等谋反事觉。中外缙绅多与交结，而蔡元度与储、侔之父安诗为僚婿，故元长父子与怀素书问往来尤密。惧其根株牵连，罪且相及，遂讽中丞余深、知开封府林摅曰："若能使不见累，他日当有以报。"深等会其意。翌日，索中外所与怀素、储、侔往来书札置案上，问狱吏曰："此何文也？"对曰："与怀素等交通之书也。"深诟曰："怀素等罪状明白，人与往来书问不过通寒暄耳，岂尽从之反耶？存之徒增案牍！"令悉焚之。事遂不及蔡氏，因之而幸免者甚众。未几，摅迁中书侍郎；深，左丞。

京 师 童 谣

何执中居相位，时京师童谣曰："杀了糟蒿割了菜，吃了羔儿荷叶在。"说者谓指童贯、蔡京、高俅三人及执中也。

崇宁二年铸折十钱

崇宁二年铸大钱，蔡元长建议俾为折十，民间不便之。优人因内宴为卖浆者，或投一大钱饮一杯，而索偿其余，卖浆者对以"方出市，未有钱，可更饮浆"，乃连饮至于五六。其人鼓腹曰："使相公改作折百钱，奈何！"上为之动，法由是改。又大农告乏，时有献廪俸减半之议。优人乃为衣冠之士，自冠带衣裾被身之物辄除其半，众怪而问之，则曰"减半"。已而两足共穿半裤，躄而来前，复问之，则又曰"减半"。问者乃长叹曰："但知减半，岂料难行。"语传禁中，亦遂罢议。躄，牵盈切，一足行也。

童 贯 之 死

童贯窜岭南，言者谓：贯奸凶，不宜置之远地，且其误国之罪，当正典刑。渊圣以为然，乃命监察御史张澄乘驿斩之。既出国门，复得御札三字"速密全"。即昼夜兼行，追至南安驿舍斩之，函首京师，枭于东市。

人患无寿不患无子

邵武人黄南强字应南，与先君俱调官都下，倾盖定交。时仲兄侍侧。应南与先君齐年。一日，谓先君曰："初意二君为兄弟，不敢以为父子也。君有子如此，而吾方娶，不已晚乎！"先君后数年弃诸孤，又十余年而应南来守庐陵，求访先君，则宰木已拱矣。应南晚得子而康强寿考，及见其成人。因知人患无寿，不患无子也。应南当官持廉，所至见称云。

活　城

车战之法，既不尽传于后世；兵车之制，亦不复见于南方。在春秋时，申公巫臣奔吴，教之乘车，教之射御，则江之南亦可用矣。江乡有一等车，只轮两臂，以一人推之，随所欲运。别以竹为箅载两旁，束之以绳，几能胜三人之力。登高度险，亦觉稳捷，虽羊肠之路可行。余谓兵家可仿其制而造之，行以运粮，止以卫阵，战以拒马。若凿池筑城，非仓卒可办，得此车周遭连比，则人马皆不能越，或进或退，惟我所用，欲名之曰"活城"。

养　生

柳公度云："不以气海熟生物，暖冷物。"时号善养生者。余异时数蹈之，未知悔也。年逾五十，老形具见，因诵少陵诗云："衰年关膈冷，味暖并无忧。"特书坐间以自警。

三孔之先葬得佳域

三孔之先，本田家翁。尝步行入岩谷间，少憩，觉和气燠然，心甚爱之，已而忘归。迨暮，家人寻至其地，问故，翁曰："我觉此山中气暖，与他处异。若我死，当葬于此。"逾年而殁，其家从其言。后遂生司封君，再世而生经甫伯仲。其地今在新淦县之西冈。

江 西 元 夕 俗

江西人遇元夕，多以人静时微行，听人言语以占一岁之所为通塞。新喻李仲谦为举子时，是夕行于溪上，见渔者炬火捕鱼，其一连呼曰："里大有！里大有！"仲谦闻而异之。其年秋试，更名"大有"，遂中选。

刘 次 庄 自 幼 喜 书

刘殿院次庄，长沙人，自幼喜书。尝寓于新淦，所居民屋墙壁窗户题写殆遍。临江郡庠有法帖十卷，释以小楷，他法帖之所无也。所善毛公弼、何君表，皆里中先达，两家碑志多其所书者。

卷第十

近年大魁多齐年

近年大魁多齐年，木待问、赵汝愚皆生于庚申；郑侨、黄定皆生于癸丑；王佐、萧国梁皆生于丙午；沈晦、李易皆生于甲子。推而上之，吕蒙正、冯京皆生于甲寅；蔡薿、何昌言皆生于丁未，徐奭、梁固皆生于乙酉；王曾、张师德皆生于戊寅；吕溱、杨寘皆生于甲寅；贾黯、郑獬皆生于壬戌；彭汝砺、许安世皆生于辛巳；陈尧咨、王整皆生于庚午。所传其生庚者如此，意其他尚有之。

汪圣锡本名洋

汪圣锡本名洋，集英胪唱赐第，御笔更名应辰。或谓取王拱辰十八岁作大魁之义。

安宁头

赣之龙南、安远，岚瘴甚于岭外。龙南之北境有地曰"安宁头"，言自县而北达此地，则瘴雾解而人向安矣。欧公记至喜亭，以为道岷江之险者，至亭下而后喜。皆谓入其地者垂于死亡，出境乃免也。

种师道罢兵柄谢表

宣和四年，朝廷信童、蔡之言，欲招纳北人。因命泾原经略招讨使种公师道为河东、河北、陕西路宣抚司都统制，王禀、杨可世副之。有旨令便道径赴本司。师道既至高阳，见宣抚使童贯，问出师之由，因极论其不可,曰:"前议某皆不敢与闻,今此招纳事,恐不可以轻举。苟失便利,谁执其咎?"贯曰:"都统不用多言,贯来时面奉圣训,不得擅杀北人。王师过界,彼当箪食壶浆来迎,又安用战?今特藉公威名,以压众望耳!"遂作黄旗,大书圣语,立于军中以誓众。督师道行甚亟,师道不得已,遂调军过界河。师道未济,已有北人来迎敌,我师既不敢与之交兵,惟整阵避之而已。杨可世与麾下皆重伤,士卒死者甚众,复还界河之南。北人隔河来问违背誓书,师出何名。师道遣其属康随具以河北宣司所申北人陈乞事答之。众哗然曰:"安得此事!"遂薄我军,箭发如雨。师道于是遣康随诣宣司,告以北人之语,且问进退之策。宣司不知所为,乃令移兵暂回。北人追袭直至城下,属大风雨,士卒惊走,自相蹂践,兵甲填满山谷。知真定府沈积中以其事闻于朝,上怒甚,遂罢师道兵柄,责授右卫将军致仕。师道上表称谢,云:"总戎失律,误国宜诛。厚恩宽垂尽之年,薄责屈黜幽之典。孤根有托,危涕自零。伏念臣西海名家,南山旧族,读皂囊之遗策,知黄石之奇书,妄意功名,以传门户。荏苒星霜之五纪,始终文武之两涂。缓带轻裘,自愧以儒而为将;高牙大纛,人惊投老而得侯。属兴六月之师,仰奉万全之策,众谓燕然之可勒,共知颉利之就擒。而臣智昧乘时,才非应变,筋力疲于衰残之后,聪明耗于昏瞀之余,顿成不武之资,乃有罔功之实。何止败乎国事,盖有玷乎祖风,深念平生,大负今日,岂意至仁之度,不加既衅之刑,俾上节旄,亟归田里。乾坤施大,蝼蚁命轻。皇帝陛下睿智有临,神武不杀,得驾驭英雄之要道,明制服夷狄之大方。察臣临敌失机,不出求全之过计;念臣守边积岁,尝收可录之微劳。许免窜投,获安闲散。臣敢不附赤心而自誓,擢白发以数愆。烟阁图形,既已乖于素望;灞陵射猎,将遂毕于余生。"

岳 飞 之 相

岳公飞微时,尝于长安道中遇一相者曰"舒翁"。飞时贫甚,翁熟视之曰:"子异日当贵显,总重兵,然死非其命。"飞曰:"何谓也?"翁曰:"第识之,子,猪精也,猪硕大而必受害。子贵显则睥睨者众矣。"

飞,靖、炎间起偏裨为大将,位至三孤,竟为谗邪所害。

毛　道　人

建炎初,里中有狂者自称为"毛道人",往来诸大姓家,人不以为甚异。一日江涨,不解衣而涉。未登岸,人疑其溺,既济,衣裾皆不濡,人始异之。尝馆于马田胡氏,夜半忽举火焚其门。主人惊救,毛升屋大笑。众怒,以戈逐之,不见所在。有顷,乃闻其声在米斛中,欲启钥毁之,赖救获免。明早,遂顾之他,于其门上书字曰:"胡某九十。"其人未几而卒。毛莫知所终,《玉笥实录》以为隐于山中云。

路 真 官 神 术

路真官为儿童时,有一道人谓曰:"能办二十千来用,当授子以一术。"路信之,然尚为儿童,累时营求,然后能具。道人者持钱去数日,邀路往一空迥闲屋中,有油与蜜数瓮,令食之。久而后尽,大泻血秽几死,乃刻符印及授以文书治鬼之法。其父知之,则尽举其符印文书藏去。寻又得之。父意其窃取,诘责,对曰:"非窃也,不知又何从来耳!"其父怒,破其符印,焚其文书。有顷,符印文书复具。父乃知其有异,不复禁其所为。路能作太阳丹,置蒸饼面果粒于掌,望太阳嘘呵揉而成丹,其色微红。以授病者,服之良愈。崇、观间,有宫婢病,狂邪如有所凭,召路入禁中,令作丹而不能成。左右哗曰:"不曾带得厢王家药料来耳!"盖京师厢王家卖胭脂也。路曰:"适被召,迫促而来,神气不定,故丹不成。乞赐盥漱再造。"有旨赐之。已而成丹,以授病者,下咽而愈。路之捕治鬼物,其术甚神,人多能言之。其子孙尝为人言其得术之初如此。

蛇变鳖蟆变鳜

里中有富家翁喜啖鳖,其家厮役争求供之。一日,有庄氓馈巨鳖，翁喜，亟付之庖。庖人解其甲，则见肉理盘旋，与常鳖殊不类，亟以告。翁呼馈者诘之，对曰："前三日过溪上，见一蛇于草间，吐吞涎沫，蟠缩不动。后再过之，不复见蛇，而鳖殆蛇之变。尚新，甲虽鳖，而身尚蛇也。"翁自是不复食鳖。又道士傅得一言："儿时捕鱼溪中，尝获一鳜，而尾有二足。细视之，则老蟆也。由是知老蟆亦能变而为鱼。"今思老蟆与鳜鱼之形亦相肖。世常言蛇化为龙，不知亦有化鳖者。经云雀化为蛤，而不知蟆或变为鱼也。

禅僧问话语几于俳

禅僧问话，语几于俳。尝记一禅寺，每主僧开堂，辄为一伶官所窘。后遇易僧，必先致赂，乃始委折听服。盖旁观者以其人之应酬，卜主僧之能否也。他日又易僧，左右复以为请，僧曰："是何能为？至则语我。"明日果来，僧望见之，遽曰："衣冠济济，仪貌锵锵，彼何人斯？"其人已耻为僧发其故习，乃袖出一白石问曰："请献药石。"僧应曰："吾年耄矣，齿牙动摇，不能进是，烦贤细抹将来。"观者大笑，其人愧服。又一僧本屠家子，既为僧，颇以禅学自负。客欲折之，伺其升堂，教其徒往问曰："卖肉床头也有禅。"其僧就答云："精底斫二斤来。"问者初未授教下句，仓猝无言，乃笑谓僧曰："汝欲吃耶？"闻者绝倒。

刘廷隽擢第

舍法之后，诸州解额多未复其旧，庐陵解六十八名，至绍兴癸酉，其数亦未足。时郑少卿作肃为守，既拆号书榜毕，谓诸考官曰："解额未尽复，诸公尚有试卷可取者否？"曰："有。"遂令再取一名以足其数。诸试官因将所留卷择之，添取一名，及刘廷隽。廷隽遂擢第。

石 塔 院 僧

维扬有石塔院者,特以塔之制作精妙得名。龙德幸维扬时,尝欲往观,先遣人排办供奉。诸珰环视之,叹赏曰:"京师无此制作。"有一僧从旁厉声曰:"何不取充花石纲!"众愕然。龙德寻闻之,遂罢幸。

朱勔流毒东南

朱勔本一巨商,与其父杀人抵罪,以贿得免死。因通迹入京师,交结童、蔡,援引得官,以至通显。欲假事归,以报复仇怨,先搜奇石异卉以献。探知上意,因说曰:"东南富有此物,可访求。"受旨而出,即以御前供奉为名,多破官舟,强占民船,往来商贩于淮浙间。凡官吏居民,旧有睚眦之怨者,无不生事害之,或以藏匿花石破家。越州有一大姓,家有数石,勔求之不得,即遣兵卒彻其屋庐而取之。惠山有柏数株,在人家坟墓畔,勔令掘之,欲尽其根,遂及棺椁。若是之类,不可胜数,故陈朝老以谓东南之人欲食其肉。

蔡京诸孙不知稼穑

蔡京诸孙生长膏粱,不知稼穑。一日,京戏问之曰:"汝曹日啖饭,试为我言米从何处出?"其一人遽对曰:"从臼子里出。"京大笑。其一从旁应曰:"不是,我见在席子里出。"盖京师运米以席囊盛之,故云。

陈忠肃书哀江头

陈忠肃公在宣、政间尝大书杜少陵《哀江头》一诗,人莫有知其意者。盖公明于数学,逆知国家靖康之变,而不欲言之尔。

王履道学东坡书

王履道安中初学东坡书，后仕于崇、观、宣、政间，颇更少习；南渡以来，复还其旧。尝见其晚年所书，真得东坡笔法者。

东湖先生读杜集有悟

东湖先生尝会棋于湖山堂，食罢偃息，倏起疾言曰："予作诗数十年矣，适于床头得《少陵集》，试阅之，忽有所见，元来诗当如此作。"遂有"不知何处雨，已觉此间凉"之句。自是落笔皆平易。自然之妙，人不能学。

少陵古诗异名

少陵古诗有歌、行、吟、叹之异名，每与能诗者求其别，讫未尝犁然当于心也。尝观《宋书·乐志》，以为诗之流有八：曰行、曰引、曰歌、曰谣、曰吟、曰咏、曰怨、曰叹。少陵其必有所祖述矣。世岂无能别之者，恨余之未遇也。

京师一知数者之神

旧闻京师一知数者将死，谓其妻与子曰："我死之后，汝母子必大穷困，无以自活。然无轻鬻此屋，某年某月某日雨作，可候于门，有避雨者至，可迎拜之求哀，当有所济。"其人既死，妻子果不能自立，欲鬻其居者屡矣。念其父死时之言，迁延及期，亦既雨作，母子候门，有客亦至，如所教，迎拜恳祈之，其人始不答其请，徐诘其所以，其道父言，乃笑谓曰："汝父之术亦异矣。"指示其东厢下，俾劂地求之，得银数百两。惜不传二人之姓氏也。

秦丞相翟参政交恶

秦丞相与翟参政汝文同在政府。一日,于都堂议事不合,秦据案叱翟曰:"狂生!"翟亦应声骂曰:"浊气!"二公大不相能。翟怒一堂吏,面奏乞究治其不法。秦欲以此逐之,遂前奏曰:"翟某擅以私意治吏事,伤国体,不可施行。"翟因力陈其故,且乞罢政。退复上疏,以为"秦桧私植党与,谗害善良,臣若不早乞回避,必为睚眦中伤"。疏犹留中,而台章遽言翟与宰相不协,因防秋托事求去。汝文遂罢政,依旧致仕。

张果老撑铁船

里谚有"张果老撑铁船"之语,以为难遇,不复可见也。乡人杨元皋为举子时,尝梦人告之曰:"子欲及第,除是撞著张果老撑铁船。"元皋心甚疑之。绍兴初,以乡举就吉州类试,一禅刹为试院。元皋试毕,忽回顾壁间有画一老人撑船,旁题云"此是张果老撑铁船处"。元皋喜,以为符梦中之言。榜揭,吉州之士中者六七人,元皋预其一。元皋名迈。

董体仁屡用易卦对策

董体仁参政少时乡举对策,其篇首曰:"圣人序卦,噬嗑之后继之以贲;习坎之后继之以离。噬嗑者,有物为间之象也;习坎者,乘时履险之象也。为我之间者,不可以不去。既已去矣,用文之时也。故贲之象曰:'观乎人文,以化成天下。'为我之险者不可以不除,既已除矣,用明之时也。故离之象曰:'重明以丽乎正,乃化成天下。'"其说云云。后遂为举首。晚年就乙丑特奏名,廷试复用其说。策入四等,补文学出官。继获漕举,复试礼部合格,廷试仍以此说为对。时圣策以汉光武为问,体仁申其说曰:"光武取诸新室,则去间除险之时也。

又恢一代之规模,则观文重明之时也。"遂为天下第一。后数年登朝籍,兼崇政殿说书,讲《易·卦》,偶至"噬嗑",体仁仍用"去间观文"之说,甚称上意。秦丞相又器重之,自御史一再迁,遂参知政事。

庐陵商人浮海得异珠

庐陵商人彭氏子市于五羊,折阅不能归。偶知旧以舶舟浮海,邀彭与俱。彭适有数千钱,谩以市石蜜。以舟弥日,小憩岛屿。舟人冒骤暑,多酌水以饮。彭特发奁出蜜,遍授饮水者。忽有蜑丁十数跃出海波间,引手若有求,彭漫以蜜覆其掌,皆欣然舐之,探怀出珠贝为答。彭因出蜜纵嗜群蜑属餍,报谢不一,得珠贝盈斗。又某氏忘其姓,亦随舶舟至蕃部,偶携陶瓷犬鸡提孩之属,皆小儿戏具者登市。群儿争买,一儿出珠相与贸易,色径与常珠不类,亦漫取之,初不知其珍也。舶既归,忽然风雾昼晦,雷霆轰吼,波涛汹涌,覆溺之变在顷刻。主船者曰:"吾老于遵海,未尝遇此变,是必同舟有异物,宜速弃以厌之。"相与诘其所有,往往皆常物。某氏曰:"吾昨珠差异,其或是也。"急启箧视之,光彩眩目,投之于波间,隐隐见虬龙攫拿以去,须臾变息。暨舶至止,主者谕其众曰:"某氏若秘所藏,吾曹皆葬鱼腹矣。更生之惠不可忘!"客各称所携以谢之,于是舶之凡货皆获焉。

历代笔记小说大观总目

汉魏六朝

西京杂记（外五种） ［汉］刘歆 等撰　王根林 校点

博物志（外七种） ［晋］张华 等撰　王根林 等校点

拾遗记（外三种） ［前秦］王嘉 等撰　王根林 等校点

搜神记·搜神后记 ［晋］干宝 陶潜 撰　曹光甫 王根林 校点

世说新语 ［南朝宋］刘义庆 撰 ［梁］刘孝标注　王根林 标点

唐五代

朝野佥载·云溪友议 ［唐］张鷟 范摅 撰　恒鹤 阳羡生 校点

教坊记（外七种） ［唐］崔令钦 等撰　曹中孚 等校点

大唐新语（外五种） ［唐］刘肃 等撰　恒鹤 等校点

玄怪录·续玄怪录 ［唐］牛僧孺 李复言 撰　田松青 校点

次柳氏旧闻（外七种） ［唐］李德裕 等撰　丁如明 等校点

酉阳杂俎 ［唐］段成式 撰　曹中孚 校点

宣室志·裴铏传奇 ［唐］张读 裴铏 撰　萧逸 田松青 校点

唐摭言 ［五代］王定保 撰　阳羡生 校点

开元天宝遗事（外七种） ［五代］王仁裕 等撰　丁如明 等校点

北梦琐言 ［五代］孙光宪 撰　林艾园 校点

宋元

清异录·江淮异人录 ［宋］陶穀 吴淑 撰　孔一 校点

稽神录·睽车志 ［宋］徐铉 郭彖 撰　傅成 李梦生 校点

困学纪闻　［宋］王应麟 撰　栾保群 田松青 校点

齐东野语　［宋］周密 撰　黄益元 校点

癸辛杂识　［宋］周密 撰　王根林 校点

归潜志·乐郊私语　［金］刘祁　［元］姚桐寿 撰　黄益元 李梦生
　　校点

山居新语·至正直记　［元］杨瑀 孔齐 撰　李梦生 庄葳 郭群一
　　校点

南村辍耕录　［元］陶宗仪 撰　李梦生 校点

明代

草木子(外三种)　［明］叶子奇 等撰　吴东昆 等校点

双槐岁钞　［明］黄瑜 撰　王岚 校点

菽园杂记　［明］陆容 撰　李健莉 校点

庚巳编·今言类编　［明］陆粲 郑晓 撰　马镛 杨晓波 校点

四友斋丛说　［明］何良俊 撰　李剑雄 校点

客座赘语　［明］顾起元 撰　孔一 校点

五杂组　［明］谢肇淛 撰　傅成 校点

万历野获编　［明］沈德符 撰　杨万里 校点

涌幢小品　［明］朱国祯 撰　王根林 校点

清代

筠廊偶笔 二笔·在园杂志　［清］宋荦 刘廷玑 撰　蒋文仙 吴法源
　　校点

虞初新志　［清］张潮 辑　王根林 校点

坚瓠集　［清］褚人获 辑撰　李梦生 校点

柳南随笔 续笔　［清］王应奎 撰　以柔 校点

子不语　［清］袁枚 撰　申孟 甘林 校点

阅微草堂笔记　［清］纪昀 撰　汪贤度 校点

茶余客话　［清］阮葵生 撰　李保民 校点

檐曝杂记 · 秦淮画舫录　〔清〕赵翼 捧花生 撰　曹光甫 赵丽琰
　　校点

履园丛话　〔清〕钱泳 撰　孟斐 校点

归田琐记　〔清〕梁章钜 撰　阳羡生 校点

浪迹丛谈 续谈 三谈　〔清〕梁章钜 撰　吴蒙 校点

啸亭杂录 续录　〔清〕昭梿 撰　冬青 校点

竹叶亭杂记 · 今世说　〔清〕姚元之 王晫 撰　曹光甫 陈大康 校点

冷庐杂识　〔清〕陆以湉 撰　冬青 校点

两般秋雨盦随笔　〔清〕梁绍壬 撰　庄葳 校点